內景唐人街

游朝凱 ———著　宋瑛堂 ———譯

INTERIOR CHINATOWN

CHARLES YU

目　次
Content

第一幕　平凡亞裔男　009

第二幕　內景　金宮餐館　043

第三幕　亞裔常設配角　093

第四幕　打拚中的移民　135

第五幕　功夫爸爸　203

第六幕　亞裔失蹤案　229

第七幕　外景　唐人街　271

謝　詞　275

導　讀　內之內與外之外　文／單德興　279

獻給Sophia與Dylan

電影中若需要異國風情的場景……唐人街可以是特定的地區，也可代表世界各地的華埠。即便到現在，唐人街仍被用來泛指亞洲市街。

——徐靈鳳（Bonnie Tsui）

第一幕
平凡亞裔男

內景　金宮餐館

從小，你夢想成為**功夫明星**。
但你不是**功夫明星**。
目前你還是**東方路人甲**，不過你一直在練武。
也許，明天就會美夢成真。

內景　金宮餐館

從小，你夢想成為功夫明星。
但你不是功夫明星。
目前你還是扮醜的東方路人甲，不過你一直在練武。
也許，明天就會美夢成真。

能演什麼角色就接。
盡力構築人生。
邊緣人的一生，
由各種小角色堆砌而成。

威利斯・吳（亞裔）演員

擅長：

- 功夫（實力尚可）
- 精通帶口音的英語
- 可應導演要求馬上做出羞慚表情

經歷／角色表：

- 不肖子
- 送貨員
- 沒台詞的心腹
- 左右不是人

- 衝進場被踹到臉的人
- 打拚中的移民
- 平凡亞裔男

你的母親飾演過以下角色，不照年代順序。

- 亞裔天仙
- 東方狐狸精
- 年輕悍婦
- 年紀稍長的悍婦
- 餐廳領檯員
- 杏眼女孩
- 一號閨秀
- 一號閨秀死屍
- 亞裔老婦

你的父親在不同時期飾演過——

- 雙龍拍檔
- 乾癟中國佬
- 髒T恤男
- 謎樣的雜貨店老闆（穿髒T恤）
- 炸春捲伙夫
- 師父，神祕的功夫大師
- 亞裔老漢

內景　金宮餐館　白天

在黑與白的世界中，大家都從平凡亞裔男演起，反正人人都長得像你。除非你是女人，因為女人一開始就演得到亞裔美女。

你們全在金宮上班，從前叫玉宮，更早叫福宮。前面有座水族箱，後面有幾缸石蟹和每隻重達一公斤的龍蝦，在渾水裡玩著疊羅漢。護貝菜單上可以點商業午餐，附一碗鬆軟白米飯，蛋花湯或酸辣湯二選一。昏暗的吧台裡掛著青島啤酒霓虹燈，吱吱吱閃爍著，酒吧區以俗麗的亮光漆木板（也可能是仿木）裝潢，上空是全封式天花板，高掛著一美元商店掃來的紙燈籠，暖紅光灑遍全廳，質感不入流，不少燈籠裡蛾屍滿載，影響亮度，燈籠紙泛黃、破損、向內翻捲。

酒架最上層擺滿了高檔酒，中價位酒擺在與眼同高處，廉價酒擺最下層，這層全屬於歡樂暢飲時段的酒款，一杯下肚保證後悔。目前最夯的新品是荔枝瑪格麗特丁尼，乍聽滋味豐富。一杯要價十四美元，但你又喝不起，怎麼會知道？有時候，客人留一小口沒喝完，你如果身手敏捷，從用餐區推開搖擺門進入酒吧區，就能親嚐美味——你見過別的平凡亞裔男做過這種事。只不過，這動作很冒險，主要是導演盯得緊，誰敢犯規，即使是個小錯都會被辭演。

你穿著白襯衫、黑長褲的制服，腳下黑鞋像是拖鞋，鞋底完全沒抓地力。你的髮型不上相——這還是客氣一點的說法。

黑與白總是上相。關鍵在於燈光怎麼打。他們兩個是主角，打的是主角燈，燈光設計得正好打在臉上。最起碼白的臉要照得清楚。

有時候，你盼望打在自己臉上的燈光也能比照他們。盼望比較像主角一點，或至少能升主角一下下也好。

角色

首先，你只能一路從基層演起。由底層往上爬的順序是：

五、東方路人甲。

四、亞裔男屍。

三、三等平凡亞裔男／送貨員。

二、二等平凡亞裔男／服務生。

一、首席平凡亞裔男。

一旦爬到首席這麼高之後（幾乎沒人辨得到），你會卡在那位子一陣子，苦盼燈光照過來，照亮你，期許自己到時候有台詞可講，而且一開口就讓黑與白所有人轉頭驚呼：誰呀，不可能只是個平凡亞裔男吧？一定是明星……哦，不會是每集都登場的固定班底吧？想太多哦，我們這裡是唐人街，或許頂多是特別演出的客串明星？這對你們這一類人來說，已經是天花板了，是這亞裔圈子裡的男女老少中最頂尖、最優異、不可能再高的地位，是負責墊背景的東方男人無不夢寐以求的境界。

功夫明星。

功夫明星不像上述五級，因為戲裡不用隨時有人扮演武行。每當戲裡用得上武術時，導演才會瞟向最頂尖的那個，挑他出來露兩手。唯有最特別的亞裔才能贏得這榮銜。想扛下這武師的大樑，需要多年的付出和犧牲，一再犧牲付出之後，只有少數幾人能僥倖卡位。儘管機率微乎其微，你們都從小就被要求練功，只為了爭取龍虎武師的角色。街坊各個黃皮膚瘦皮猴小鬼頭，全憧憬著同一個美夢。

內景　金宮餐館

從小，你就夢想成為功夫明星。

但到現在還當不上功夫明星。

目前你是平凡亞裔男三／送貨員。狀態好時，你的武功等級上看 B 或 B⁺，師父曾稱讚你的醉拳差不多可以了，終於有朝一日不至於丟光他的臉。認識他的人都知道，他講這話表示你很有兩把刷子了。

只不過，講句老實話，師父到底是什麼意思？大家有時候很難意會，因為眾所周知，師父高深莫測。你只盼能展現自己是多麼有出息，只為看他表露那一份神情，看他像隱忍著腸胃症狀，實則顯示著「以前途無量弟子為榮卻按捺於胸」，換言之師父就是「心裡苦卻甘之如飴」，因為他自知，「弟子再也用不著恩師」了。在你心目中，他會露出這表情，你會微笑以對。片尾工作人員名單一列列向上滾動，老少手挽手，步向天涯。

亞裔老漢

最近，他多半成了**亞裔老漢**。不再是師父，功夫褲、肌肉、犀利眼神全不復見。咦，什麼時候變的？經年累月，一夕之間。

頭一次注意到這變化那天，你提前幾分鐘到，等著接受每週一次的特訓。也許正因你太早出現，他才腦筋轉不過來。他應門一時迷糊，沒認出你。呆了兩秒，或二十秒，他愣了大半天，總算回過神來，擺出他慣有的臭臉，大叫著你姓名：

「威利斯・吳！」

既是驚呼，也是證實；既是認出你長相，也算自我認證沒失憶。他再喊一次威利斯・吳，唉，還不趕快進來？拖什麼拖，別一直傻呼呼站門口，進來吧，孩子，開始上課吧。

接下來，他整天多半正常，但你腦子裡揮不去他那副茫然或驚駭的模樣，你也首度注意到他住處變得多髒亂。以這年齡的獨居老人而言，住家髒亂不奇怪，但師父凡事注重整潔，也常如此教人，如今竟放任住家髒亂到這地步，大家早該一眼看出這警訊。就算不是第一個警訊，也是你留意到的頭一個。

蔡肥佬逢人就說，師父靠食物券度日，罵你好傻好天真（「你們這些白癡以為演**乾癟中國佬**酬勞很好嗎？瘋了不成？他去翻垃圾裡的瓶瓶罐罐，你們以為他閒著沒事幹嗎？」），但沒人聽信，至少表面上不信。私底下，你倒不是沒想過這狀況。師父從來不開燈，說想訓練感官的敏銳。他什麼都捨不得丟：免洗筷、華美銀行送的精美亮面月曆（「用來包魚或水果剛剛好。」）、街尾那家破盤價中式餐館附送的醬油包和辣醬包，一一留著。他有座仿皮沙發，老舊不堪，補丁無數，連補丁都出現裂痕，他當然再拿補丁來補。他以「富美家」雙人桌當餐桌，是他買的第一張餐桌，今生只買這麼一張。二手桌是從一家餐廳用品量販店買來的，出清價七點五美元。那家大賣場位於傑克森街和第八街交叉口，早已易主（改裝成**內景：電音銳舞的頹廢風夜店**），餐桌仍在他家廚房裡。這桌子是上世紀的文物，被磨光了，多了一份安撫人心的溫潤，觸感輕柔，見證過千百頓闔家用餐，縮在低矮的小廚房角落，桌面留存了師父的諄諄教誨，卑微的小桌凹陷磨損處記錄著多年的智慧。念頭轉到這裡，你不禁想起蔡肥佬的話。儘管蔡肥佬向來長舌，湊近臉自吹自擂時常令人不敢恭維（更受不了的是十次裡有八次被他料中），然而，蔡肥佬道出你們全都知道、卻不肯面對的事實：師父老了。

自欺其實很容易。儘管你天真相信，師父有天賜的奇人基因，毛囊意志力特別強，年高七旬不見一絲白髮。但你回想一下，記得有一天，曾在他家垃圾桶見到天然昆布染髮劑的包裝盒，而師父步出房間時，臉上湊巧有一抹污痕，想必是他在額頭上緣劃了一道海帶綠，不小心穿幫了。

此外，就算他仍能用三指神功擊碎空心磚，功力哪比得上當年？他年輕時，單指就能劈破空心磚，隨便哪一根都行！小時候的你不敢看，小手捂眼睛，透過指縫瞧，大幾歲後，仍縮著臉窺看，唯恐他出洋相而令你心痛。然而，師父年輕時從沒失敗。他練功養氣多年，總能適時運氣，一舉力克難關。群眾於某週二中午在廚房外的後巷圍觀，見師父再次出招證明心勝於物，當場摜破精神與肉體的橫阻，大家無不鼓掌叫好。歡聲雷動飄進你耳朵後，你才收手睜眼，鬆一口氣，光榮又慶幸，知道師父又辦到了，手沒被磚頭撞碎，方才對師父缺乏信心的你不禁微微慚愧。圍觀的朋友和路人絲毫不懷疑他的功力。

他給你最早的印象是一尾青年活龍，是明日之星，漆黑如夜的直髮茂密，頭髮精心往後腦直線緩緩梳去，形成一道爍亮的浪。粗壯如鋼桶的前臂伸進屋角的拼湊式圍欄，抱你出來，高高舉起，你在他頭上空飛來飛去，差點撞到床了，也險些觸及電燈和天花板，逗得你哈哈笑不停，最後你母親用台語說，小心，小心，玩夠了吧，阿明，拜託，再玩下去，小孩恐怕會吐。他聽了再兜一圈，才安然放你下來，讓你站回地上，你依然覺得天旋地轉。

我們願不願意面對事實倒是其次。倒是有時在臨睡前，這類思緒泉湧心頭，你內心確實是坦承以對：你的啟蒙老師，你遇過最高段的唯一天師，你的武藝全得自他真傳，而今，他江河日下了。他年事已高，大師這角色不再適合他，日常舉手投足都耗盡氣血的他，得接演下一個角色。每過一日一夜，智慧與力量逐漸從他身上流失。這角色他演太久了，他已迷失在這角色裡，再加上數十年來日漸擴大的隔閡，有天你一覺醒來驚覺，師徒距離在一夕之間激增，多了一片你再也無法跨越的空間。

他永遠是你的父親，但已不太算是你老爸。

他不再能展現輕功走壁，不再能在飛簷造型的美國銀行塔樓上高來高去。比較常見他在飯桌上打瞌睡，吃著老光棍餐，配著六點整的晚間新聞。你已晉升成人角色多年，仍繼續固定每週向他討教，但受教已成單薄的藉口，實際用意是送來維生物資給老父。幾件日用品、衛生紙、他的各種處方藥。幫他擺好物品，方便他取用。盡可能把地板擦乾淨。時間有限，你趕緊摸摸看防水床套有沒有濕，必要時更換，帶走他的換洗衣物，清走堆在床頭櫃上包著濃痰和血的紙巾團。床頭櫃後面還找得到紙巾，到處都有。富美家餐桌下有個啃了一半的西洋梨，從你上次探視留到現在，滾落此地之後不再移動，慢慢爛掉，徐徐墮落至朽爛。並非他懶散，純粹是肢體失能。

對不起。我搆不到。

沒關係啦，爸。我來就好。

道什麼歉？這千真萬確透露出對方已非你熟識的那位，因為他本來從不對兒子說「對不起」，遑論用英語道歉。不道歉不是因為他自認沒犯錯，而是因為在他觀念裡，自家人永遠不該講「對不起」、「請」、「謝謝你」這種話，因為這些話多此一舉，有違親子間的常情。家庭是一匹布，客套是無形的線縷，時時盡在不言中才是正途。

你盡你所能現身，只不過他通常無視你的存在。如今是亞裔老漢的師父不僅忘掉武藝，連最死忠的弟子也不記得了，只茫然望著你，神情是微微提心吊膽的和善，把你視為一個專橫卻熱心的陌生人。你倆的關係已化為默劇，成了平淡日常裡的一連串手勢，一次又一次上演，心裡的百感交集早已被情緒反射作用消除殆盡，你學習如何表對情、擺對姿勢。並非你鐵石心腸，也不是虛偽造作，你的用意只在於維護他殘存的尊嚴。

訣竅在於迴避不該講的話。默默走進他的老糊塗劇場，坐進暗室裡，什麼問題都不說，再簡單也別問，省得害他霎時迷糊起來，害他誤認你的機械式互動是在戳他，想點醒自己，也點醒對方：當前長幼關係翻轉，呈現出照護哺育、肢體上他得仰賴他人的殘酷事實。如果你不幫他，他自個兒做不來。如果你拖了一星期才上門，他只能枯坐暗室裡等。但一個禮拜不看他，他又死不了——話說回來，機率再小也不是零。你不上門，他的日子比較寂寞，比較餓。他會搞丟什麼東西，弄掉什麼，打碎什麼的，只能等你來電或敲門。你隨時保持入戲狀態，就能躲過所有問題，讓你倆續演個別的角色，再拖一小陣子就好。狀況好時，一星期下來，一切還算順利，你得過且過，照本分在舞台上走位、講對白，撐到收工時刻。但在狀況欠佳的日子裡，或你待久了，他的耐性或記性會枯竭到底，這時候，他的眼裡洋溢恐懼，態度會蒙上一層疑慮的暮色。

即使是狀況最差的那幾天，他頂多只完全忘記你一、兩分鐘。在他疑神疑鬼時，你能感應到，他始終知道你和他不是非親非故。你以為他愈這麼想就愈怕你：因為你來找他，觸動了記憶深處的焦慮，引發一份原始的、低頻的焦慮。兒子回家了，浪子回家想宣示主權，想挑戰父親。

隨後幾星期，他終於穩定下來，進入一段較不平靜的新常態，甚至又開始上戲，飾演亞裔老廚子或亞裔老菸槍。這幅情景，令熟識他多年的人全看不下去，因為大家都知道他曾經才華傲人。一個新角色，人生新階段，過往雲煙就一筆註銷，重新來過。

但他扮演過的角色躲在皮囊底下，一角蓋過一角，一直堆積著，也就是大家都有的問題：唐人街裡，沒有人能將過去與現在切割。戲老早殺青，他（或你我他）過往的角色卻全在你心目中長存，在你眼前揮之不去。

因此，眾人不知不覺間，師父老到了這地步，連你母親也沒注意到。母親被認定超齡，不能再演東方狐狸精，不再是杏眼姑娘，如今是亞裔老婦，住在同一層。他們的婚姻已步入西山，共結連理卻各過各的生活。理由一是，她為了養他，不得不繼續工作，下班後也想休息，讓腦子清靜一下下。這是事實。理由二是，兩老分開住，比住一起好，這也是事實。實情是，曾經火熱的愛情戲後來走歪了，掉進歷史劇的窠臼，變成移民家庭劇，然後變成兩人過一天算一天的歹戲。真的只是過一天算一天，撙節度日而已。因為，老年人常有的處境他們也遇到了：兩人慢慢落入貧窮階級。大家同樣也沒注意到。

當然，比一比才知道誰窮。你們沒有一個是財主，也從來不作發財夢，甚至連一個有錢人也不認識。然而，世上最大的差距，就是「過一天算一天」和「三餐不繼」之間的距離。逼你掉入下一級的方式千百種，幾乎全屬意外，例如哪天上班出狀況，或小孩發高燒，或公車沒趕上，試鏡遲到十分鐘，結果沒爭取到**衰臉樣亞裔路人**之選角，或在同一天以上皆發生。換言之，這禮拜又得消費時錙銖必較，雞骨頭熬兩鍋清湯，見底的米袋要多撐兩、三頓晚飯。

差距交錯，變天了。落入三餐不繼的這一邊後，時間成了你的死對頭。原本是你「度」日，這下子變成日子反過來「剁」你。每過一個月，你的窘迫變本加厲，更慘的是必須面對一道簡單的數學題：Ｘ小於Ｙ。你改變不了這真理。郵差來了，每天帶來嚇人或讓人鬆一口氣的白紙黑字。就算你拆信後如釋重負，心情也只鬆懈短暫片刻而已，也只是重啟倒數的碼錶，靜候下一封繳費單或逾期未繳通知，或者等著接討債公司來電。

華埠的無浴廁單人房公寓俗稱**散房**。如同許多散房族，師父在無預警或無怨言的情形下，默默沉淪，旁人難以體會他的遭遇多辛苦。苦就苦在今非昔比，當年他年輕健壯，仍能工作。他一生勤奮努力，自給自足，施多於受，從不受而不施，也不依賴別人。他曾是大師，樂於傳授專業知識；曾具備勇氣、能力和自制力，交織出一段多彩多姿、甚或值得大書特書的人生，數十載的人生從零起跑，認真過活，一路跑到某階段，竟發現人生淒涼到窮追**卡路里**的田地，淒涼到知道餐廳每天幾點丟棄賣不完的肉包，淒涼到沒有拒吃的本錢，有什麼東西先吃再說。覬覦著一元有找商店賤賣的零食，扎實大塊的甜點，大如餐盤的餅乾，不太算是食品，其實主打的是兒童，被他看上只因他想填飽肚皮——以前的他絕不屈就。他毫不猶豫買了，情勢所逼，顧不得恥辱一口咬下，不只是咬，狼吞虎嚥，嘴比心還急。青年的尊嚴被最近才有的笨手笨腳取代，內心與大腦尚未能接受的現實，雙手、嘴巴和肚皮卻都能理解：飢餓。最能提醒自己多貧賤的，莫過於轆轆的飢腸。

誠然，並非華埠人人手頭寬裕、幫得了師父。亞裔老婦盡了力，可惜工作愈來愈難找，連照顧自己都成問題。而你才剛出社會，拿得出多少就貢獻多少，有時提一袋食物來，送藥過來，偶爾帶上一塊魚或肉。這還是你自我安慰的說法。事實是，如果你們每個人都盡一點心力，加起來可能幫得了他。

師兄

有人說，最該幫師父的人、最有能力幫師父的人是**師兄**，畢竟師父多年栽培他這個頭號弟子，視他為最天賦異稟的明日武打巨星。師兄從師父身上得到的恩惠最多。

他不是你親生兄長，比親生更親。他是所有人的老大哥。神童。校友返校時高票當選的國王。這一帶的地下市長。唐人街的門神。

以前，師兄可望成為師父的接班人，師徒兩人甚至曾攜手表演武術高手父子檔的戲碼，為期短暫但頗受矚目（概述：礙於政治考量，在傳統軍事戰窒礙難行之下，政府為推動國家大事，轉而徵召行事隱密的菁英特種部隊，便找到全球頂尖的肉搏戰高手父子雙人組，代號：**雙龍拍檔**）。

打從一開始，師兄就不必從**平凡亞裔男**一步步往上爬。師兄從出生到長大，拜師練武成為**功夫明星**，換言之，他一直賺的是**功夫明星**等級的錢，對你們這一類人來說算高薪，但基本上不脫一般被稱為次等角色的地位。

師兄。

他像李小龍，也和李小龍截然兩樣。

因為，李小龍是傳奇人物，但沒到神話等級。李小龍太真實，也太具體，不是神話。大家如數家珍李小龍的武藝，以及他逐年累積的個人傳奇事蹟：肌纖維震盪機、大量攝取蜂王漿。他也自創武功截拳道，佐以饒富哲理的世界觀。李小龍是活生生的明證：亞裔男並非人人注定**平凡**。終於有個亞裔男出頭天了，這至少在理論上顯示，其他亞裔男也不無嶄露頭角的可能。

奈何，耀眼的例證不適合視為通則，李小龍太刺眼了。以電玩打比方，李小龍是個不折不扣的魔王關，是一套有血有肉的祕技，是個理想化的亞裔的象徵，攻擊力炫爆彷彿永遠設定在專家級的難度。與其說是人，不如說是擬人；與其說是血肉之軀，不如說是限時外借給你和你們這類人參考的神祇。像熊熊燃燒的火焰，向所有黃種人展現完美是什麼。一閃即逝也算。

師兄恰恰相反。

他不是傳奇，而是神話。

或者可說是種種神話的合體，重疊著、矛盾著，是畫蛇添足。是一群概念集結成的鑲嵌畫，是惡整你的一千零一片拼圖，讓你看見某事物的輪廓，東見一幅影像，西見一團花樣，逗得希望之火不熄，讓你以為再選一片就對了，「啪」的一聲契合出正解，顯示出怎麼拼才湊得齊。

李小龍是你崇拜的偶像，師兄是你自幼看齊的榜樣。

插入「超炫師兄」集錦片段

師兄總是一頭勁髮，不是滿頭亂翹的沖天髮型，不是後腦和側面和什麼地方多一個髮旋的亂搞髮型，不會令人聯想到數學社和襯衫口袋加個筆袋的書呆子。**師兄**的奇才之一是具有罕見的顯性基因，頭髮微捲（但邊緣一定剃成短短的漸層），毛髮粗黑，但有褐色、甚至紅色的挑染。

師兄的功夫實力是A^{++}，不說也知道，但他不自限於中國功夫。他也能耍泰拳，熟稔兩、三套柔道的「形」，也絕對能打跆拳道（通曉幾套個人流派的打法）。如果你想進場跟他比武，他的巴西柔術很夠看，但你最好別嘗試，因為不到八秒你就會猛拍軟墊，激痛中噴淚討饒，求他不要再扳你手臂。

如果你把師兄灌得夠醉（醉不倒他的，傳說他很能喝，喝再多也只微醺，無數次比酒力賽和深夜打賭再三驗證過了，有些是打賭好玩，有些自討沒趣），他會耍刀展技，你們看得一面哈哈笑，一面也嚇得屁滾尿流，而他刀耍得面不改色，一刀在手，另一手握啤酒，長髮酷勁十足。

他會不會灌籃，不得而知（沒人看過）。不過，他絕對抓得到籃框，光是這一招就夠大家佩服，因為他身高一八二公分。

補充一下，對亞裔男而言，這高度最適合不過。高到能獲得女人青睞（即使穿了高跟鞋！即使是白人！），高到不會被酒保無視，卻也沒高到被亂喊姚明、被當成哪門子的蒙古怪咖。

如果你自以為能在酒吧單挑他，以為在籃球場上或其他場合能打贏他，你兩三下就會有苦頭吃，後悔莫及。總之大家都不想找他打架，稱呼他李小龍（「呦，《精武門》我都看幾百遍了。」），不然就是喊他成龍或李連杰，他聽了並不在意，對方的態度怎樣、出發點是什麼，一概淡然處之。大家欣賞他泰然自若，欽羨他能自由轉換外語和悠遊小眾文化之中，能深入後台的牌局，也能應付堵街角想找碴的傢伙，更能去宗親會陪八旬長者下圍棋或打麻將。**師兄**長袖善舞，勢力不限於中土和僑界，指掌能伸進鄰近的範疇，既能和日本上班族K歌，也能大啖兩盤辣醬紅滋滋的嗆辣韓式炒年糕，佯以一瓶真露，在韓國城常客間的酒局裡狂勝，不時賣弄幾句還算可以的韓語（多數是髒話）。

師兄不曾加入幫派，和黑社會井水不犯河水，甚至刻意不願和三合會或華青幫有一絲掛勾，但他卻有辦法不成為惡煞眼中釘。他對黑幫敬而遠之，黑幫也和他保持距離，算是默默表示敬意。

除了這些能耐之外，**師兄**高中時曾獲得「美國優秀學生獎學金」。學力測驗總分一五七〇。

人人都有一本師兄傳奇經：

「哇！不蓋你，上禮拜，我在傑克森街和十一街口看到他。」

「他在幹嘛？」

「抓著紅綠燈的橫桿，拉單槓。」

「我也看到了。」

「騙鬼。」

「我真的看到了。他用單手引體向上。」

「廢話嘛，單手。**師兄**拉單槓才不搞平常人的引體向上，哪會學你這款弱雞。」

「你才是弱雞。」
「再罵看看。對著我鼻子罵啊。」
「你才是弱雞。」
「閉嘴啦，白癡。你們親眼看見**師兄**了嗎？」
「對啊。我不是說過了。引體向上。做了差不多五十下。」
「七十才對吧。」
「用左手拉。」
「驢蛋，他本來就是左撇子。」
「**師兄**是左撇子？少來了。驢蛋啊，你這個驢蛋。」
「他左右開弓啦，你們兩個都是驢蛋。」

師兄傳奇就像這樣，各家說法一層加一層，相互矛盾、結合、抵銷。他的霸業擴充多年後，到頭來，真實性多寡、民間傳說的成分多高，你也不確定，但反正是真是假都不要緊了。即使師兄不是真人真事，他在還沒有人寫的唐人街故事裡，依然領銜要角，依然確實存在於人心和信念裡。既能融入大熔爐，也同時保有正宗原味，無過之、無不及，是個神話般的亞裔美國男人。此外，他另有一項優勢：能演談情說愛的男主角。師兄令唐人街所有小孩立志向上，希望長得更高，練得更有力，身手更快，向主流靠攏但也不從俗。他令你們大家想多一分酷勁，酷倒你們的規範。他的成功允許你們試試看。

在**師兄**兄當道的時期，有一小段時間，一切運行如常。當時全是原本就注定發生的現象。他獲欽點，是最優秀最聰明的一個，是符合西方傳統審美觀裡最帥的型男，在體系中力爭上游，終於拿下他注定有的最高成就。別的亞裔男全仰之彌高，覺得天下無難事，心想著，就算無法事事有成，至少也能克服一、兩個障礙。總有一線希望存在。夜裡，你們在床上，枕著頭，夢想著上鏡頭的滋味多美，遐想著**師兄**在**黑與白**的戲份能多到什麼程度。想著，你們剩下的這群人也能沾光嗎？

後來，某天早晨你醒來，發現一切落幕了。美夢作不下去了。師兄不再是**功夫明星**。細節成謎，但官方說法是「喬不攏」。對你們所有人而言，總歸一句話：不會再有**功夫明星**了。不明不白之中，師兄的黃金盛世結束，毫無預警，沒有大場面，不給理由。總之，官方沒有說法。私底下，大家很識趣，清楚知道上空有一面無形的天花板，向來都有，永遠都有。即使是師兄也會被天花板擋住。對我們的英雄而言，融入大熔爐的美夢並非毫無侷限；對你們而言，能在**黑與白**演出的高度，也並非沒有限制。

或許這樣也好。起碼對他個人是件好事。儘管師兄已功成名就，他卻似乎對自己這種天注定的位階一直不太適應，從來不認同這份職場進程表。他不以**功夫明星**自居。而他的觀點沒錯。他的武功純正，也太特別了，不適合用於大家習慣的演法。他的武藝不招搖，不腦殘，不是大家看過幾百萬遍的老招，不是每逢婚宴和農曆年應眾人要求再要一次的俗套。他沒大紅大紫也好，英名可以流傳後世。身為傳奇人物總比巨星好。

「超炫師兄」集錦片段結束

表演者時有走火入魔之虞，假戲真做，誤以為其苦心營造的現實才是獨一無二的現實。在這情況下，我們意識到，表演者儼然化身為自己的觀眾，成了同一場戲中的表演者兼觀看者。

——厄文．高夫曼（Erving Goffman）

第二幕

內景　金宮餐館

她
是市警局史上最績優的年輕警探。

他
是警界世家第三代。有一天毅然離開華爾街，踏入警界，以繼承父親的遺志。

兩人搭檔
主導「懸案組」ＩＣＵ，負責偵破最棘手的刑案。
各路人馬全吃鱉時，出動懸案組，**正義**才可獲得伸張。
各路人馬全吃鱉時，請呼叫：

《黑與白》
這是他們的故事。

內景　金宮中式餐館　夜晚

演亞裔男屍的人死了。

白人女警：他死了。

黑人男警：看樣子是。

男女主角審視俯臥地面的亞裔男屍，屍布未遮滿全身。

黑人男警：家屬呢？

白人女警：調查中。

一名刑事鑑定人員沾一沾東西，另一名測量著一灘乾血跡的直徑和濺血分佈。一名身穿制服的女警官（**黑人，二十餘歲、身材火辣**）走向白人女警和黑人男警。

黑人男警：查到沒？

火辣女警：餐廳員工說他父母住這附近。我們正在查住址。

白人女警：好。我們去拜訪一下。可能得問他們幾個問題。（停頓）還查到什麼？

火辣女警：他有個哥哥，好像失蹤一陣子了。

黑與白互看一眼。

黑人男警：這案子可能是——

白人女警：王殺無辜[1]。

白人無動於衷。黑人強忍著，可惜又先笑場了，露出他的招牌笑容。白人

1 原文Wong guy是Wrong guy的諧音老哏，「殺錯對象」之意。既揶揄移民發音不標準，又能亂加一個華裔的姓開玩笑。

撐了一下子，最後還是忍不住也笑場。主角是他們，戲沒他們演不下去，他們自知，所以不怕挨罵。

「對不起，對不起。太對不起了。」白人說，盡力鎮定下來。「可以再來一次嗎？」兩人總算止笑，不料黑人憋出豬叫聲，兩人再度嘻笑個不停。

《黑與白》，兩位警探也一黑一白。片頭介紹大名時，黑白主角共乘一輛黑白色警車。貴為警探還開基層巡邏車？沒道理。通常，如果你「認真了」，就會覺得劇情不合理，角色的動機也不合理，背景故事也是，通通沒道理。誰叫你畫面不看，亂花什麼美國時間抓bug。然而，這齣劇套路有觀眾基本盤，行得通就別亂改一通。

有時候會有個**拉美裔飄飄女**軋一角，視族裔結構置入宣傳，嚴格說來只在海報上露個臉，但不是擺在視線聚焦處，而是被放逐邊疆，頭接近外緣，臉比黑白主角小（基於借位的神奇錯覺，她遠遠落在兩主角後方），姣好的臉龐浮沉在抽象空間的汪洋中。

寫劇本有個樣板，有個形式，有某種形狀，依樣畫葫蘆就對了。再燙手、濺血再繽紛的難題，舉凡外景市街、內景辦公室、內景刑事鑑定所、內景中式餐館……人世間各種陰影或社會病灶，舉凡無奇不有的仇恨或歧視刑案，全都能一一套入樣板寫成劇本。編劇要呈現蛛絲馬跡，而線索要編得能讓人留心發掘、領悟，步調要合理，兩檔廣告之間要有一件重大突破或挫敗，每過一幕，疑雲就再消散一層。在既定的劇本模式中，男女主角要深入核心，最後發現癥結所在是人性（吃醋和背叛……脫不了謀殺）。樂觀到沒力的概念。深植人心的希望是黑與白必能迎戰危機，掌握全局。就算鬧區黑暗、治安敗壞，是罪惡淵藪，但你我隱隱存有一份不言自明的信念，深信這是個可以駕馭的世界，情節走向自有一套規則和慣例。

這是一小時前進一步的人生。

線索依序呈現，一次曝光一條。

兩名調查員相得益彰，能破解任何疑案。

亞裔呢？亞裔再怎麼看都不太搭調。亞裔的長相，亞裔的膚色，一入鏡，自動跳脫片場的氛圍，迫使人不禁後退一步，說：「欸，欸，搞什麼？預設的場景是什麼啊？我拍的是警匪劇，這幾個亞裔幹嘛亂入？」

亞裔一入鏡，現實會變得有點真實。黑與白本來二元對立，反差清晰而明朗，亞裔一跳進來，百般試煉過的樣板變得複雜，於是劇情走向決策出爐——不是什麼排除亞裔的大陰謀啃，原因只是維持原狀比較好發展。兩個城市遊俠到處晃：進分局、駕警車、下班去酒吧酒敘。決策出爐了，但根本不是決策，並沒有人下了決策。劇情現狀。你拍個警匪劇，領個薄酬。你不禁懷疑：我能改革嗎？終於能掙脫桎梏的那一個，會是我嗎？

內景　金宮中式餐館　鏡次二

亞裔男屍，依然死氣沉沉。

白人女警：他死了。

黑人男警：嗯……嗯。

白人女警：所以說，這裡有具屍體。

黑人男警：這裡有具屍體。

特寫白人女警

莎拉・葛林，三十一歲。

漂亮但剽悍，不過重點是漂亮。冰雪聰明。辦事能力強。工作表現傑出。家世坎坷，力爭上游，成為局裡最受敬重的警探。頭髮紮成馬尾，暗示精於操作槍械也懂得為人處事，也暗示她這型的女孩在有桶裝生啤酒可點時必喝生啤，隨手拿到體育版報紙時也不排斥翻翻看。就是這一型的妞。此外，是個美女。如果還不夠強調的話：仙氣逼人。

莎拉：（凝視著死掉的中國佬）你怎麼看？

黑人男警：家族糾紛吧，大概是。（語氣暫停；遠方飄來鈴噹響，隱約帶有東方感）可能不脫文化因素。

特寫黑人男警

邁爾斯・藤納，三十三歲。

高頭大馬，身形魁梧。真的很魁梧。就是，假如世上還沒有灰色T恤，就該趕快開發一件灰T恤給邁爾斯，他穿起來帥爆——體型就是這樣的魁梧。

稜角不馬虎的漸層短髮，膚質完美無瑕。俊到引人想入非非。耶魯大學畢業後進入高盛銀行操作避險基金，前途正光明，父親卻遭橫禍。父親是服務紐約市警局達二十七年的老將，某天出勤時壯烈殉職。一辦完父親喪事，邁爾斯翌日投身警校，以同梯第一名畢業，進入警界至今已十一年，但最近開始心猿意馬。

邁爾斯是局裡晉升警探最年輕的一位，FBI搶著借調，也有數名紐約富豪找他領軍私家警衛。通常，警察的名聲不會如此響亮，但話說回來，邁爾斯・藤納不是普通的警察。大家都想借重他的長才。該走哪條路呢？目前他正衡量中，但他狠不下心告訴莎拉・葛林有這些工作機會找上門。他和莎拉是隊友，更何況，從他寓意深遠的眼神看來，或許對莎拉有一番好感？

邁爾斯：（性感地沉吟）妳聽到什麼？

你是旁觀者視角，看著這一切。

黑與白同時轉頭看鏡頭外，凝望暗處，打在黑白兩臉的燈光美得沒話說。然而，鏡頭外什麼也沒有。隨即——

莎拉：邁爾斯。

邁爾斯：什麼事？

背景深處傳來聲響，小巷裡響起一陣動聽的音效。

陰影裡出現亞裔老漢，七十幾歲。

邁爾斯拔槍，穩重、鎮靜。

莎拉也拔槍，解除保險，食指勾向扳機。她的神情異常緊張。

邁爾斯：你是什麼人？

莎拉：雙手舉高！

雙警準備要射擊。你該講句話才對。要講什麼呢？你又沒台詞。

亞裔老漢踏進燈光中。邁爾斯及時看見他。

邁爾斯：住手！

莎拉放下武器，呼吸凝重。邁爾斯咬緊牙關。

莎拉：謝謝你，邁爾斯。

兩人互看一眼，意有所指。《黑與白》一劇的核心盡在這眼神中，意味著兩人搭檔日久生情，眼神當然迸發出曖昧的光輝。

莎拉差點射殺的**亞裔老漢**出現了，在他們前方，推著滿滿一車空塑膠瓶。

邁爾斯雙腳換重心，緊張起來。

莎拉：這位先生？

邁爾斯：（對莎拉）他好像聽不懂。

邁爾斯轉向**亞裔老漢**，微微對他彎腰。

邁爾斯繼續說：（嗓門有點大）我講的話，你懂嗎？

亞裔老漢：（標準美語）懂啦，小子。我懂英文。

亞裔老漢轉向你，露出微笑。

莎拉爆笑了。邁爾斯氣呼呼，望向導演——

「卡！」

導演大喊。

打從你小時候，你就夢想成為功夫明星。
但你不是功夫明星。
不過，也許，明天就會美夢成真。

內景　唐人街散房公寓

家在唐人街散房公寓八樓的一個房間。夏夜在散房公寓裡一開窗，能聽見至少五種方言嘰嘰呱呱，話語在天井上下迴盪。天井實際上是向內窗戶的垂直空間，可供居民曬衣服。交織的曬衣繩上掛著所有平凡亞裔男的功夫褲，掛著無名亞裔女的露腿高衩平價仿旗袍，掛著亞裔大媽稍微保守的旗袍，掛著營養不良亞裔嬰兒的毛巾布圍兜，通常以集錦畫面呈現。曬衣繩上當然少不了亞裔老婦的阿嬤內褲和亞裔老漢的髒背心。這座天井也是傳播資訊的管道，居民透過各家窗戶即時互通聲息，運用的科技原始到不能再原始，傳遞方式複雜無形，門外漢聽不懂。使用這套科技的竅門是面對窗外，朝著收話人的大致方向吶喊。儘管人聲嘈雜（或者正因人聲嘈雜），受話者往往聽得到。

長久以來，移民就近住工作地點的樓上，散房的樓下正是金宮餐館。樓層配置是：一樓餐廳，夾層閣樓是辦公室，以上七層樓是散房，每樓十五間單房住家，共用走廊盡頭的小浴廁。樓下廚房的噪音和氣味向上竄，日夜不分，永不停息，全年無休，感恩節和耶誕節也是。所以你睡覺時，等於是睡在餐館裡，相當於經年累月離不開金宮，睡夢中也一樣。

內景　唐人街散房公寓樓梯間　夜晚

你爬樓梯回房，途中每一樓都有各自的生態，都有自訂的規範和疆界。

你父母住二樓。你不該過門而不入。進去坐吧，讓母親高興一下。她高興也不會露於言表，最可能是皺眉頭。你怎麼不孝順一點？看一下下也好。只不過，不可能一下下就好。不只一下下。她會重嘆一口氣，讓你內疚，讓你心情沉重，一個字也不必講，就能拖垮你的情緒。你懷疑自己現在八成無法應付。

卓家住三樓。已經在這棟住了很久，和你父母一樣久。卓家有個聰慧的女兒，最後卻在樓下工作。兒子東尼比較好命，因為是男生，有機會前進市區，所以他搬走了。他很孝順，常寄錢和食品包裹回家。小時候是**平凡亞裔男童**的你，常蹓躂去他家，希望選對了日子，碰運氣撞見他。東尼哥可能會請你吃一塊鳳凰糕餅鋪的杏仁餅，也可能塞給你一、兩美元，炫耀一下。

沒有四樓。「四」和「死」發音相近，觸霉頭。

領檯小姐住五樓（二十幾歲的美女，姿色具異國風情）。她太常飾演妓女了，被同棟的三姑六婆列為拒絕往來戶，男士和少年們都為她開門，都感嘆，天生美人胚，怎能怪她呢？緊身旗袍凸顯她玲瓏的曲線，男士都盡量不露色眼。賭場也在五樓，其實只是三個亞裔幫派份子合租的一間。他們年齡在十八、九歲到二十五、六歲之間，有刺青，肌肉不發達，皮包骨，填不滿乾爽的白內衣，菸不離手，睡覺照抽不誤。

六樓住了一個和尚，已經四十年沒講過一句話了。師兄和他住在同一邊走廊上，一頭一尾。和尚只准他進出。

皇帝住在七樓。沒有一個小孩膽敢敲皇帝家門。傳說中，很久很久以前，皇帝飾演過……還能演什麼？就演皇帝。明朝，有御吏供他差遣，派頭很大（只不過，升國中後，多數小朋友都聽到了完整的故事：皇帝是「皇悅」的皇帝，「皇悅」是東方口味的冷凍食品品牌，熱兩分鐘就能邊看電視邊吃晚餐，有燒賣也有蝦餃。包子加熱三分鐘，用叉子戳幾個洞，放進微波爐，馬上就能像皇帝大快朵頤）。

皇帝以前的工作是端著塑膠盤，盛上熱騰騰的珍饈，獻給美國中部某地的金髮人家，然後對他們哈腰。這時候，畫面外的暗處鑼聲響起，更遠處有亙古迷霧繚繞，隱約傳送著五千年文明的全民飲泣聲。殺青後，皇帝領酬勞，拿去買啤酒和米酒，一杯接一杯仰頭灌，喝到醉得能笑談這一段過往，灌到絲毫沒有恥辱心，醉到所有感覺付之闕如，連自己的手指腳趾都無感。而在散房公寓圈裡，他本來就沒有自慚的必要。在這圈子裡，皇帝只有粉絲，甚至到最近，飾演皇帝一角仍讓他貴氣滿盈，而且還有影視重播分潤可領。重播金雖然逐年遞減，卻也不是零頭，讓他得以穩坐王位。在散房公寓中，每月多幾塊錢可不是小數字。

你上到八樓，發現母親站在你房門外。

「你吃飽沒？」

「啊？妳怎麼上來的？」

「搭電梯。」她說。

「媽，電梯事故那麼多，妳又不是不曉得，那座電梯從來沒傳出好事。」

「你差點被生在那座電梯啊。」

「是好事是壞事，我都被妳搞糊塗了。」

「你剛怎麼沒進來。」被她一唸，你霎時面紅耳赤。

你抱一抱她，想到近幾年來她縮水了好幾號。即使她站直，頭頂也才勉強和你肩膀同高。

「我帶了一點吃的東西給妳。」你說著遞給她一塑膠袋的肉粽。

「給我的？」

「對。」

「剛才送進門給我，不就好了？」她說。

「我剛想說，反正妳遲早會來這裡。」

「很會拗嘛，威利斯。」她雖這麼說，還是收下粽子。她枯瘦的手腕和前臂上有兩道凸起的傷疤，色澤暗沉，你看在眼裡。

「裡面有幾種口味，也給爸吃。」

她打開塑膠袋看。

「耶，是我愛吃的口味。有包香菇吧？」她微笑起來。「等會兒去看你爸吧。」她說。請求的意味多於命令。

「他今天好不好？」

「不怎麼好，想找你幫幫忙。」

「他都不肯主動找我幫忙，不像以前那樣。」

「不是幫那種忙啦，他想叫你把床挪去靠牆壁。」

「他又用不著找我挪床，那張床根本不——」話沒講完，你見她眼神，豁然明瞭：他自己挪得動的話，她就不會要求你。

「好吧。」你說：「我待會兒下樓去幫他。」

倒敘　你的母親

在你最早的印象中，母親是妙齡東方美女。她正為你準備著午餐便當。她穿著便服：小花圖案的上衣，聚酯纖維喇叭褲。家裡窄窄的壁櫃被充當流理台用，她駝著背，為小孩裝填餐點，便當整齊分隔成幾區，最大的一格有三顆水餃，以豬絞肉、碎薑、剁蔥為餡；較小的兩格分別是一團軟軟的番薯飯，以及一把稍有碰傷的葡萄。填滿後，她闔上便當蓋，壓緊，再箍上一大條橡皮筋。不加橡皮筋怎麼行？五歲的你在開飯前，至少會摔便當三次。攏緊後，她把便當交給你。

母子倆默默吃晚餐幾百次，你全記得。父親還沒下班。甜點又是葡萄，幸運的話有切成小塊的甜瓜可吃。如果沒有，改喝一紙杯賓治口味的稀釋果汁汽水。不冰涼，你倒也不嫌棄。你細細啜飲著，品嚐著每一口滋味，見底時整杯倒過來，讓頑固的最後幾滴順著光滑的杯壁流進舌頭。你扒完最後一口飯，高聲說吃完了。你說，飽了，實情卻是，你想再多吃幾口，而母親心知肚明。她用自己的碗餵你，近到你能嗅到她的口氣，刺鼻，幾乎算香味，是蔬菜混雜著大蒜的氣息。對你細數她移民美國之初的歷程，訴說著她對新生活的嚮往。

晚飯後，她在走廊尾的公用流理台洗碗盤，洗完後擦乾，抱回家裡，收進餐桌下擺放。（散房生活中，凡事都要3D立體化思考。一個房間，不能單從藍圖或示意圖去想；一個房間是一個空間，是容積。如果從這出發點設想，容積能變多大，你一定不相信。能掛起來的東西就懸掛，被掛起來的東西還能再吊其他東西。能疊的東西盡量堆疊，可用的每一平方寸空間都不放過。居家生活不能單看平面圖或設計圖。空心物體裡含有隱藏空間，例如收納筐、洗衣籃、茶葉盒、餅乾錫罐，大東西裡可放中東西，中東西裡可放小東西）。

稍事梳洗後，她下樓去金宮上班。她常上晚班，出門一、兩個小時後，你爸爸才回家，中間出現空檔，你養成一種習慣：媽走後你准自己看電視三十分鐘，然後上床睡覺。

你記得在門邊等她穿好戲服，你記得她去上晚班之後的時光，家裡變得好安靜。她的情緒能量從家裡流失了，她佈下的防護罩徐徐消退。

倒敘

母親捧著一本教戰手冊研讀：《房地產進帳百萬攻略》。無經驗可，無需本金，懂幾條基本要領即可（原則有三：地段、地段、地段），不肯下苦功者免談。

最棒的時光是每週五晚上，她不必上班。離八點剩兩、三分鐘，你看著她，等她點頭，然後你開電視看武俠劇。片頭的領銜演出一個個出現，你看得心臟噗噗跳。困頓的旅人。妝點成幾分像亞洲人的白人男子。對你而言，不是真的亞洲人也沒關係，重點是音效，重點是武術。

踹腳、揮拳、上身吃一記、腦袋瓜挨揍……節奏規律。接著，配樂進來了，尖銳不和諧的弦樂聲，小調令人騷動不安。不時響起鑼聲。

鏡頭推近男主角。

鏡頭推近他的對手。

眼神，關鍵在眼神。

你愈看愈心癢難熬，於是一躍而起，在家裡四處活蹦亂跳，五歲的你稱霸江湖。你是培訓中的**功夫明星接班人**。你是**功夫小子**。

功夫小子：我將來想當李小龍。

你再說一遍強調。

功夫小子：（清一清嗓子）我說啊，我將來想當李小龍。

隨後你再講一次，埋首讀書的母親依然無反應。電視上有兩人在交戰，騰空一個人那麼高，你來我往，在半空中翻跟斗，表演俗稱蝴蝶踢的迴旋飛踢，水平扭轉，斜角扭轉，三百六十度，七百二十度，一千零八十度。兩位黑髮大師脫離地面，地心引力大神耐著性子，等他們乖乖就範。但他們不是凡人，不受物理定律約束，回地面純屬個人意願，想觸地才觸地，連觸地也依照個人招式而定。兩位大師背後是一片藍天，日正當中，整個場景背光，細節因此全被抹煞，看不見太陽穴上的汗珠，看不見精瘦蒼勁的軀體線條，只剩輪廓，出神入化、承先啟後的兩名宗師大顯身手。嗨——呀。**功夫小子**蹦了起來！旋身！你一腿劃破空氣，天下被你踹得一分為二。哇。呀。轟。音效自己來。想做大動作的你擺好姿勢，想來個空中劈腿，雙腿岔成一條水平線，腳趾延展，下半身劈成一直線，能量從腳丫向左右延伸……

你成功了。

破天荒頭一遭。

是嗎……？眼看全套動作就快完成，你落地前，一腳蹬到塑膠茶盤邊緣。媽正在泡烏龍茶。茶盤和茶壺被蹬飛了，在空氣裡劃出一道弧線，景物全變成超級慢動作，母親居然全程淡定自若，僅僅在熱茶向下灑在你身上時閃現一絲憂慮。她接住了，錯，應該是差點接住。只有茶壺掉進她掌心，想必是她的手不怕燙，因為她不哀叫不喊痛，默默承受，化解了衝擊力，吸收了茶水裡的所有熱度，才沒讓你這小瓜呆的頭受傷。

你已能看見，她手腕和前臂出現紅紅的燙痕，日後將脫皮結痂，然後色調變黑，肌膚變硬，多年後成為一個讓你謹記教訓的印記。鬧事後的你上床睡覺，聽見她在走廊上挨家挨戶敲門，向鄰居借蘆薈，可惜沒人有，就算有也捨不得借她。她只得退而求其次，用涼涼一小坨牙膏塗抹傷處，薄荷綠厚敷一層。你躺在床上睡不著，聽著她在家裡來回走動，自己縮著頭，等著面對她發飆或暴怒或引你內疚，結果你全料錯了。你面對的是慈母，她的眼光和藹。比憤怒更慘的事只有一件：勸。

功夫小子：對不起，媽。我真的很對不起。
媽：（甩手表示沒關係）沒啥好道歉。我只要你答應我一件事，好嗎？
功夫小子：好。
媽：長大不要當**功夫明星**。
功夫小子：好，好，我保證。（停頓）咦，什麼？
媽：你明明聽到了，我不要你當**功夫明星**。
功夫小子：喔。不然，妳要我做什麼？
媽：更有出息。

靜謐中，你躺在床上，開始思考她的意思。**功夫明星**是登峰造極的境界，還有什麼比**功夫明星**更有出息？

內景　唐人街散房公寓

在散房公寓的夜裡，你上床時多半有點餓。想洗澡要排隊，愈等愈餓，有時等到凌晨一點甚至兩點才有得洗。不等反而比較不餓。隊伍從走廊排到樓梯間，大家拿著牙刷，毛巾掛肩上，看報紙，聊八卦，瞪著牆壁發呆。夜晚是硬仗，敵手是飢餓、無聊、暑熱、濕氣。餓到半夜，你的腸胃聒噪出千奇百怪的聲響，被你想像成腹腔對著你咕咕發怨言，愈想像愈有趣，好像內臟在對你傳達特定的訴求。（「來一客麥當勞四盎司牛肉堡吧？」或「鞋子煮來吃吃看吧？」或「加辣椒醬和大蒜煮鞋子看看吧？」）丟一條濕毛巾進冰箱冷凍庫，過一會兒拿出來能沁心涼——只要別被人捷足先登。

久久一次的現象是，夜深了，公寓裡喧鬧起來並蔓延了整條走廊，順著樓梯間，如野火一般上下延燒。這躁動不安起源於無奈，悶燒成憤慨，進而凝聚成一句反問：媽的，這也太可笑了吧？因為，悶到某程度，整個狀況的確有點可笑。這時候，有人會豁出去了，從冷凍庫深處挖出珍藏的側腹牛排肉，扔進平底鍋，撒上洋蔥加蘑菇煎一煎，再切青江菜和薑蒜，油聲吱吱叫，響徹整條走廊百家香。有個少年播放音樂。到了這地步，開始有人開門，最後家家戶戶全開了，整棟公寓鬧哄哄到天亮，彷彿天塌下來也沒關係，因為真的，天塌下來也沒關係——因為這整個概念是，你父母和祖父母和曾祖父母來到這裡，祖傳幾代還是一副新移民的模樣，也像根本沒飄洋過海。你們前進到機會遍野的新大陸，實際上卻卡在假想的祖國裡，出不來。

內景　唐人街散房公寓八樓

你茫茫入睡片刻，卻發現睡沒多久就醒來。吵醒你的是一陣熟悉的囂張嗓音，是幾個白癡互相以方言打嘴炮。你開門看見，全公寓的男人男孩都在走廊上，大呼小叫著，打牌，擠在你家門外。全是**平凡亞裔男**，只不過他們各有各的姓。

常見的陳、林、方。

當然少不了黃、洪、張、李、黎、連、吳、王。

也有朱、楊、邱、蔡、廖、傅、謝。

甚至有唐、莫、戴、顏、章、翟、辜。
更有龍、江、孟、白、魏、佘。
潘、彭、吳、藍、葉、沈。
大江南北和海外的方言拼音都有。
你探頭出去看個究竟，手被他們揪住，拉進走廊。
你說，我只穿內褲啊，幸好走廊上有半數也是。開心就好。
有人拍你的背。威利斯，你好。
蔡表哥，嘿，你好嗎？你喊他表哥是因為兩家的媽媽交情不錯。
有人開始掀戰。
喂，喂，大家聽好。
什麼？
我要告訴你們一件事。
什麼事？
我快得到那個角色了。
你？你？

什麼？怎麼不是我？我的髮型這麼好看。
對是對啦，可惜你太矮了。
你身高跟我一樣啊。
屁啦。
仰臥推舉，你們沒有一個能舉贏我。
意思是，我們全是軟腳蝦？
又沒有這個意思。
所以你覺得我是軟腳蝦？
我又沒說，是你自己講的。
講什麼。
講你是個軟腳蝦。
再講一遍。
我又沒講。不過，要我當著你的臉講也行：你是個軟腳蝦。
對著我的臉講。
我不是講了嗎？

你是因為我詠春拳最強，所以才嫉妒我。

才不是。總之，詠春拳已經過氣了。他們要的是誇張的腿功。

才不是。他們連詠春拳是什麼都不懂，他們要的是跆拳道。

他們要的是中式拳術和韓式腿功。

他們要什麼，連他們自己都不知道。他們要的是亞洲人的酷炫奇招。

終於，眾人有了共識。亞洲人的酷炫奇招才是試鏡真正想找的高手。至於酷炫奇招是什麼，憑個人本事去理解吧。

你說，你們又怎麼知道這次不一樣？

什麼意思？

就算，他們找我們其中一個去當功夫明星。就算腳本裡有精彩的幾幕。就算你能上海報，縮在後面，小小一個，又怎樣？

大家無言。所有人都知道這話有道理。

停頓一拍。邱接話了。他說，欸，威利斯，你幹嘛每次都掃興？其他人點頭稱是，繼續打牌。

內景　唐人街散房公寓八樓的你家　夜晚

家住八樓有一件事很重要：九樓的淋浴間底座有裂縫。小時候，你和爸媽擠在八樓這間的時候，九樓底座就已經破裂了，現在仍然有裂縫。近幾年，底座前後修了五、六次，但每次修都不肯花大錢，用粗劣的填縫劑敷衍了事，捨不得乾脆換新整個底座。結果，補了又裂，裂了再補。而大家都知道，水專找窮人麻煩，一有機會總有辦法把人整得慘兮兮，而且常挑最不巧的時機下手。

因此，對於八樓的居民而言，每次老方（九〇三室）洗到一半睡著了，或王太太（九〇八室）及其他的九樓亞裔長輩忘記關水龍頭（有的是關不緊，因為罹患類風濕關節炎或腕隧道症候群等的病痛）。過了差不多五分鐘，淋浴間整個底座便泛濫成災，換言之，住八樓的我們和大樓這一側的七樓都遭殃，接下來幾晚被迫睡在淹跤目的水池中。有一次，水一路滲到六樓，黃家有個小女娃，趴著睡在泡水的小椅墊上，寶寶隔著尼龍布吸入髒水兩、三分鐘，水滴到媽媽的頭，媽媽才驚醒，發現女兒臉色有異。幸好寶寶撿回一條命，但直到現在，每次見她在走廊上跑來跑去，看她努力想跟上其他小孩，只聽得到她痰音濃重的氣喘聲，手腳似乎略顯遲鈍，只不過，她父親本身也滿遲鈍的。他是個大好人，所以大家喊他**大善人**（他連平凡亞裔男也當不上，始終困在沒台詞的角色）。照這樣看，滴水事件雖然害黃小妹妹差點溺死嬰兒床上，但說不定對她身體影響不太大。更何況她又沒打算進軍奧運。大抵上，她漸漸長成一個滿快樂的小孩，住在華埠散房公寓裡，日子過得還可以。反正她也無從對比。

內景　唐人街散房公寓　夜晚

老方又在淋浴間打瞌睡了。你一望天花板就知道，只見水漬漸漸變大，色澤加深。再過差不多十分鐘，你的臥房就要下雨了。

內景　唐人街散房公寓　稍後

你的臥房嘩啦啦下起雨了。你祝老方「睡得香甜」。

內景　唐人街散房公寓走廊　後來

可惡，你猜錯了。老方不是洗澡洗到一半睡著了，是魂斷淋浴間。有人敲他家門，想告訴他電話響個不停。平常每個星期，老方的兒子小方來電問候父親。平日，老方成天坐床上，不願意動。兒子來電，他從不漏接拒接。他會拿著餅乾細嚼慢嚥，也許聽聽收音機，音量低到聽不見。或許，他會翻一翻台灣報紙。但多數時候，他會瞪著撥盤式古董電話，等它鈴鈴鈴。

出事前一天，據說老方等了整天，等不到兒子的電話，因為兒子加班，回家想打電話卻覺得太晚了，只好隔天早上打。而老方不巧正好在洗澡，聽見電話鈴聲，樂得想和兒子聊天，急著出去，不幸摔一跤，一頭撞上淋浴間牆上突出的發霉肥皂架。

據說發現他出事的人是蔡肥佬。長舌夫蔡肥佬這次話反而不多。他大半晌講不出話，灌下一小杯不冰的「基督教弟兄白蘭地」，再喝半罐酷爾斯淡啤酒，才止住哭。然後，他板著臉，再坐半小時，總算交待事情原委。

蔡胖佬在猛灌啤酒的空檔說，他發現老方躺在地上，滿地是積水。一定是撞到洗臉台的一角。頭癱軟彷彿水果一樣。

「他一眼睜不開。」他說：「一直問我，頭怎麼變這樣。」

內景　唐人街散房公寓　深夜

小方來了，來收拾父親的遺物。大家站著圍觀，不知在這場合能講什麼應景。王太太開口了，顫音細小。

王太太：你是個孝順的兒子。

小方：謝謝妳，王太太。

王太太：你不應該自責的。

小方：我沒自責。呃，本來沒，現在反倒是有一點了。

老陳對王太太擺臭臉，發噓聲。她也以臭臉回敬。她比老陳更會擺臭臉。

你累壞了，但即使回床上也睡不著，只好向五樓的瘦子李討根菸，出來這裡抽。

你的腦筋繞著老方轉。你放不下的並非他死時孤伶伶，並非他死時一絲不掛、濕淋淋、半身肥皂泡，而是他沒等到兒子的來電，而是他生前篤定世上總有一個人永遠關心他，絕不忘噓寒問暖。結果在嚥下最後一口氣之前，他不確定自己的觀念是否正確。

小方為父親的遺物裝箱。這動作很簡單，小心翼翼做，心海的波濤更形洶湧。一口陳舊的輪船旅行箱被他拖進房裡，遺物被他收拾進箱內擺齊，抹平破舊不堪的衣物，好像父親仍穿得上似的。他照父親的教誨，慎重對待父親的家當，破東西、便宜貨、寒酸至極的物品一視同仁。

你站在走廊上，從門口向內望，裝得像自己不是在門外旁觀。你在門外，小方忘了嗎？或者根本不在乎？你猜是他不在乎。小方又不是每星期表演給一千兩百萬人看，觀眾甚至連十二個也沒有，因為到這時候，公寓居民走得差不多了。小方忙完了，再檢查全室最後一遭，然後轉向父親留下的空床，垂頭訣別。

內景　金宮餐館　打烊後

回到內景，餐廳關門了。餐桌已清乾淨，廚房熄燈。

在金宮餐館，現在是卡拉ＯＫ時間。

黑人唱將馬文・蓋伊或史蒂夫・汪達的曲子一首接一首，顧客傻笑著唱著歌，觀光客喝多了荔枝瑪格麗塔丁尼，降半調醉唱惠妮・休斯頓或席琳・狄翁的曲子，如泣如訴，等這些人全唱過癮後，工作人員才有機會接近麥克風。他們可不浪擲良機。下班的雜務員牛飲著罐裝特卡特墨西哥啤酒，顫音熱唱墨西哥鄉村舞曲，西班牙腔底下潛藏十幾份你忘了曾經有過的情愫。然而，即使他們唱得熱烘烘，這只是熱身而已，並非重頭戲。指定的時刻一到，他準時步向舞台前。

亞裔老漢對準麥克風。

全場鴉雀無聲，看著他調整眼鏡、擦拭額頭、啜飲一口白開水。

他說：「獻給我的朋友老方。」語畢，他開始唱約翰・丹佛。大家可能有所不知，台灣鄉下來的老頭子Ｋ歌一把罩，他們唱卡拉ＯＫ時，基於某種因素，最最愛唱的莫過於約翰・丹佛金曲。

也許是空曠的公路容易引發遐思吧。對西方國家的一許浪漫空想。或是在提醒大家，別看他們是矮小的東方糟老頭，他們身為美國人的歲月其實比你還長久，你還沒搞懂的美國經，他們已經摸得很熟了。不信，你選個熱鬧的日子，晚上就近找一家卡拉OK酒吧，等兩小時，等到痞子男大生全喝醉走了，等到隨身帶試鏡照的美食酒吧女服務生也唱夠了偶像男團新好男孩和節奏藍調天后艾莉西亞・凱斯，你注意一下，找找看有沒有一位年事稍高的亞裔上班族正耐心排著隊，他喝了澳洲皇冠或日本淡啤酒，面色紅暈。你看他走向麥克風，開始亂唱〈鄉村路帶我回家〉（Take Me Home, Country Roads），這時你可要憋住，不能笑，也不准心照不宣眨眨眼，拍手不准太用力，因為他唱到「西維吉尼亞州，高山似我媽媽」（West Virginia, mountain mama）時，你會忍不住跟著唱。等他唱完，你才領略到，為什麼台海小島來的七十七歲老人，在國外住了三分之二輩子，能把歸心似箭的曲調詮釋得如此通透。

《黑與白》製作指導

化妝：

眼皮貼

色澤加深，強調膚色

佈景：

飛簷

屋頂要蓋得宏偉

多多注意簷角！

東方的華麗美感和含蓄風情

細節最重要

內景　金宮中式餐館　夜晚

亞裔死屍依然死氣沉沉。懸案組正偵辦中。

莎拉：我們要盡量看仔細，敏感一點。

邁爾斯：我一向很敏感。

莎拉瞪他一眼，隨即僵住。她豎起食指，示意邁爾斯噤聲。

莎拉：等一下。（聽見聲響）你聽見沒？看——

邁爾斯轉頭，看向莎拉看著的地方。一名**亞裔老漢**，可能七十歲（不過老實講，在四十八和八十八之間隨便挑個歲數，都能接受，因為亞裔的年齡很難判斷。如果說黑皮膚老而不皺，那黃皮膚就是比較成熟一點而已。

亞裔老漢身型挺拔，儘管腰身略粗，背也不駝，動作仍精準，從中看得出身段和紀律，暗示著終生潛心練武，練就了肢體機警和洞悉周遭的絕活。

莎拉看著邁爾斯。他這時顯得少一分自信。

邁爾斯：走吧，妳來問。

莎拉：真的？為什麼？

邁爾斯：他可能會怕我。很多亞裔老人都有種族歧視。（見她表情有異）抱歉，是真的有。

莎拉走向亞裔老漢。

莎拉：（接續）哈囉，先生，（亮出警徽）有空嗎？我們想請教你幾個問題。

邁爾斯一手按在槍上。莎拉朝他望一眼，意思是：不會吧？

邁爾斯回望一眼，意思是：什麼？

莎拉看著邁爾斯，意思是：要動槍？

邁爾斯翻一翻眼，意思是：好啦。

不情願之下，他收手。咬一咬牙關，繃緊腮幫子。他這動作好帥。觀眾愛看咬牙關，所以邁爾斯常常咬給觀眾看。

邁爾斯：死了一個華人，你認識他嗎？

亞裔老漢不回答，異國情調的東方長相，再加上內斂的儒家思想，導致他看起來如一副冷漠的面具。西方國家的這兩名訓練有素的警察，怎麼看也覺得他是異類，認為他莫測高深。打著《黑與白》招牌的他們不知如何對付古怪的黃種小人，猜不透他的內心世界。

邁爾斯：（接續）喂！你，我在跟你講話。

邁爾斯扮黑臉，好讓莎拉能圓滑反行其道，肢體語言和語氣都軟化。燈光挪移，聚焦在莎拉身上，臉進入鏡頭正中央，拍得美美的。秀髮晶瑩亮麗。

莎拉：（善體人心、真誠地）我搭檔想說的是，你跟死者有沒有任何關聯？

邁爾斯在一旁待命。他又咬咬牙，以顯煩躁。帥上加帥的煩躁。

亞裔老漢低頭看著自己的腳。邁爾斯換重心站，情緒緊張。

莎拉：（接續）先生？

邁爾斯：（對莎拉）他好像聽不懂吧……

邁爾斯轉向**亞裔老漢**，稍微彎腰。

邁爾斯：（接續，嗓門有點大）你懂不懂她的話？

莎拉：先生？你聽得懂嗎？（對邁爾斯）快去找翻譯來。

邁爾斯：他一定知道些什麼。

莎拉：就算他聽得懂，我也不確定他肯不肯透露。

邁爾斯：押他回局裡，可能就比較願意吐實了。

邁爾斯伸手想祭出手銬。

你遠遠看著**亞裔老漢**無計可施、默默被刁難，看他給**黑與白**一個回應的空間。你在背景深處，太深了，鏡頭幾乎拍不到。照腳本，你沒台詞可唸，動作僅止於掃地，看著自己的父親被那樣大小聲。看見他的反應，或者說，看見他沒反應，你心中一緊。**亞裔老漢**的角色就是這樣，簡單得很，他接受這樣的角色。但你忍不住了，得做點什麼。你站進鏡頭裡。

莎拉轉頭看你，邁爾斯拔槍。

邁爾斯：雙手舉到我們看得見的位置。

莎拉：（對邁爾斯）你可以把槍收起來嗎？

邁爾斯慢吞吞放下槍。莎拉走向你，近到你臉前，你能嗅到她搽的名牌香水，能近看她的骨架多優美。

她直視你眼睛。

莎拉：你又是什麼人？（慢慢講，有點大聲）先生，請表明身分。

平凡亞裔男：我是個無名小卒。不過，我說不定能幫得上忙。

莎拉和邁爾斯看著對方。

莎拉：（對你）等我們一下。

兩人私下商量著。

邁爾斯：信得過他嗎？

莎拉：信不過也沒辦法了。非找人幫我們帶路不可。（停頓）唐人街是另一片天。

邁爾斯：莎拉。

莎拉：怎麼了？

邁爾斯：妳知道吧，我在大學輔修過東亞研究——

莎拉：耶魯大學。對，邁爾斯，我知道。恕我直說，你懂得怎麼點港式飲茶，很厲害沒錯，不過，修一學期的廣東話不太派得上用場。華人社區的關係綿密，一出狀況，他們會團結一心，保護自家人。（停頓）想挖掘真相，我們非找華人合作不可。

莎拉轉頭看你。這是她的招牌動作之一，目光能直鑽內裡，能問透目標對象。她能一眼深入核心，逼嫌疑犯就範，讓證人勇敢說出真相。憑這本領，她的辦案績效之高傲視全警局。此外，她的膚色好均勻，簡直像完全沒有毛細孔似的。

莎拉：（轉向你）你的英文不錯嘛。

平凡亞裔男：謝謝妳。

邁爾斯：真的很不錯，幾乎沒有什麼口音。

慘了，你忘了口音。

邁爾斯：怎麼樣？肯不肯配合我們辦案？

平凡亞裔男：（略加口音）你要我——做警察？

莎拉：我們想找你幫忙。（停頓）死者的兄長失蹤了。

你的機會來了。

你轉向莎拉和邁爾斯。你有對白可講，這次記得要有口音。

平凡亞裔男：好，我幫你們。

東方曲風的音樂響起，畫面倏然全黑。

……在建築師、佈景師、派拉蒙片場監工協助下搭建完成，提供人力車給觀光客乘坐，也備有幾個藝品攤位，由身著戲服的華人飾演商家。

——徐靈鳳

第三幕

亞裔常設配角

上午，你在警匪劇裡軋一角。

下午，你在警匪劇裡軋一角。

你領到薪水袋。

飾演平凡亞裔男領九十美元。

你鍛鍊身體，你保持身材，你為下一個角色打好底子。

慢慢的，你一步步爬上梯子：

平凡亞裔男三。

平凡亞裔男二。

你把台詞練好。

「我是為了家族的聲譽才這樣做，警官。」

「我令家族蒙羞，如今我要付出代價。」

「沒了顏面，我就一無所有。」

「我們民族文化最重視名譽。你們……不會懂的。」

你登上梯子，**平凡亞裔男一**。你講台詞，你鍛鍊身體，你保持身材，你演出警匪劇。很接近了，近到你能想像生活將出現轉變。

內景　便衣警車

星期一上午，新的一週。黑與白坐前座。你坐後座，基本特約演員。

邁爾斯：我們回顧一下案情吧。

莎拉：用不著講吧。

邁爾斯：用不著講什麼？

莎拉：回顧案情。

邁爾斯：回顧很重要啊。誰不喜歡確認一下偵辦進度？

莎拉：我不是說回顧不重要。我意思是，你用不著講「我們回顧一下案情吧」。

邁爾斯：不然怎麼講？

莎拉：什麼都不必講。

邁爾斯：（對你）很扯吧？

對，你心想。你覺得很扯。更扯的是，這一對玩得多開心。一副滿不在乎的調調。死了一個亞裔，他們居然還有打情罵俏的興致？對他們而言，吃螺絲也沒關係，反正明天不愁沒對白。後天也是。大後天也是。

莎拉：算了。回顧一下：有一具**亞裔男屍**。

邁爾斯：可能跟幫派有關。

基本特約（就是你！）：不，他從來都不是犯法的。

莎拉：那說不定是為了維護名譽而殺人。

邁爾斯：這在中國城很常見。

基本特約：才不是。沒有哪個人像這樣，不可能。

邁爾斯：為什麼？因為你說了就算數？

基本特約：如果你沒有需要我的幫助，我就回去餐廳。

邁爾斯：好啊，回餐廳去，順便幫我帶一份商業午餐來，五號餐，青花菜炒牛肉。

莎拉：邁爾斯！你在說什麼鬼話。（對你）真不好意思。

邁爾斯態度收斂了，也許略感尷尬。白的跟你站同一邊，感覺很爽。

邁爾斯：（對你）朋友，我剛一時糊塗失言了，我不是那種人。

你愣了一下，思索著這句話。莎拉的聲音將你拉回現實。

莎拉：巡警正在查訪這一帶，尋找證人。
邁爾斯：眼線這麼多。一定有人看見了什麼。
莎拉：（對你）他生前有沒有仇家？是不是跟誰處不來？
基本特約：絕沒有。

莎拉拋給邁爾斯一個意味深長的眼神。

邁爾斯：妳是在拋給我意味深長的眼神嗎？
莎拉：這是我的拿手本領，我的拿手本領就是使這種眼色。

邁爾斯：妳該考慮練練別的本領。
莎拉：哇，這是在說誰呀。
邁爾斯：什麼意思？
莎拉：（壓低聲音）我是邁爾斯・藤納。我的腮幫子好壯好性感唷。
基本特約：專心一點行不行？有人死了，**師兄**也失蹤了。

糟糕，他們倆轉頭看你。

邁爾斯：**師兄**？你認識他？
基本特約：每個人都認識他。每個人都尊敬**師兄**。他是老大，沒人能打贏他。

莎拉看著邁爾斯。邁爾斯看著莎拉。兩人都看著你。你看著他們。莎拉再看邁爾斯。邁爾斯再看你。

基本特約：什麼？

邁爾斯：什麼什麼？

基本特約：你們倆幹嘛一直看來看去？

莎拉：你剛說，沒人能打贏師兄。

基本特約：對。那又怎樣？

邁爾斯：我覺得那可能是動機。

基本特約：什麼動機？

莎拉：假設有人幹掉他——

邁爾斯：師兄一被幹掉，寶座就空出來了。良機出現。

基本特約：誰的良機？

莎拉：中國城裡的每個亞裔男。

火辣女警：（靠上前來）還沒查到地址。

莎拉：那查到了什麼？

火辣女警：（遞給她一張紙）已知他最後接觸的人叫做「吳明晨」。

莎拉看著姓名，然後看你。

莎拉：吳，你的親屬嗎？
基本特約：我們又不是都是一家人。
邁爾斯：少騙我們，你認不認識他？
基本特約：對啦，我正好認識他。不過我剛講的也沒錯。
邁爾斯：少囉嗦，快帶我們去見他。

這時，**鑼聲**再起。你四下張望，無法辨識來向。

內景　金宮用餐區

你進入餐廳，跟在**黑與白**後面一步，眼睛仍在適應低光環境。柔和旋律播放中。俊男美女臨時演員小口吃著牛肉炒飯。你左看右看，完全不見熟面孔。莎拉和邁爾斯望著你，你舉手指向廚房。

基本特約：在裡面。

內景　金宮廚房

你推開搖擺門，最先撲鼻而來的是一股油臭味，接著是七種方言的髒話此起彼落。廚房人員不約而同轉頭看。

這些人是你的朋友和鄰居，是你的對手和同門師兄弟，現在全打扮成助理廚師和洗碗工，望著你，內心是既羨慕又光榮。你夢寐以求的正是這一刻。重回這裡，身分不再像他們一樣，身分是明星。好啦好啦，還稱不上明星，是明日之星，是有對白可唸的**亞裔男**。

亞裔老漢在角落。你快步走過去，在**黑與白**跟上前，和他私語幾句。

「爸。」你沉聲說。他正主掌油炸鍋，內衣沾滿污漬，頭髮往後紮進白帽子下面。彷彿這是最天經地義的舉動；彷彿半世紀以來，他只面對油炸鍋；彷彿不久前，他不是一條龍，不曾叱吒華埠戰場，不曾躍上屋頂大演全武行。現在，再偉大的功業也不重要了。到最後，當年再神勇也不算數。曾經演過男主角的他，如今被迫跑龍套。他神情疲憊，的確很疲憊。他在唐人街內部打滾數十年，有什麼角色就演什麼。幫派份子、伙夫、神祕玄奇又荒誕的東方佬。

如今，他受困於餐廳後場，講著需要配字幕的台詞。努力了幾千幾萬鐘點的工作經驗全泡湯了。武術大師淪為專司油炸鍋的廚子，這是全天下最自然而然的轉型。換服裝，換髮型，忘卻先前的豐功偉業。生涯彷彿重生般全場景籠罩在失憶的迷霧裡，被他內化進自己內心中。

「警察有問題。」你沉聲講台語，大概不夠標準，但他懂你的意思，能猜出你的蹩腳發音。你不講國語，講的是家人說的台灣話、內線語言、密語。

他眼神出現極微小的轉變，表示他明白了。

廚房人員走來走去，礙到黑與白前進的腳步，多給你幾秒父子時光。父親講了一句話，你不太懂。幾個字進了你耳朵，你大致聽得懂，卻不明瞭整句的意思。這條鴻溝始終在。寬如太平洋的語言文化隔閡，窄如簡單一句話，父子之間永遠有段距離，無法搭橋跨越。這類簡單的日常動作和儀態是知易行難。你不會說他的語言，半吊子，講得磕磕絆絆，是你人生一大憾事。

「爸，吃飽了嗎？」

「吃飽了。你還好吧，威利斯？」

「怎麼了？」

他的視線飄向莎拉和邁爾斯。

「我在跟他們合作，應該會很不錯。」

「為你高興。」他說。他面有疑色，擔憂。

邁爾斯和莎拉推開沿途的中國佬，終於來到你身邊，臉上掛著狐疑的表情。

莎拉：你剛跟他講什麼？

基本特約：沒什麼，我什麼也沒說。

邁爾斯：看起來不像什麼也沒說。

基本特約：好啦，好啦，我剛在問老頭是不是知道些什麼。

亞裔老漢看著你，一絲失望的神情掠過五官，為你故意摻雜口音的每個字感到遺憾。你扮演這角色，模仿外國人講話。兒子在美國出生，在美國長大，卻成了爸爸不認識的陌生人，為的是什麼？為了這個角色。為了卡位，為了軋進這齣美國劇，《**黑與白**》，一齣黃種人無足輕重的劇。在校時，兒子科科都拿到A，包括英語，如今竟靠著飾演平凡**亞裔男**維生。

「我本來對你有很高的期望。」他說。

「爸……」你欲言又止，想不出該說什麼。

「什麼也沒說？是根本沒什麼好說。」

「媽講過一件事……爸，你還好吧？」

他的目光向下，他最近不好。

邁爾斯打破沉默——

邁爾斯：怎麼搞的？快講實話。

他是什麼意思？他想瞭解你父親真正的苦衷？但沒什麼好說的，這就是你僅有的一切。你相信他不會奪走你僅有的一切嗎？邁爾斯和莎拉沒有你想的那麼簡單。這樣太冒險了。在為他們指點迷津這件事情上，你已經做太多了。你要集中精神，不能當場被換角。你要板起臉，雙眼無神。不要像人。總之不要像個真人。要樣板，要平庸，要保護自己。把自己藏進這套戲服、這個角色裡。你的口音再重一點，文法再破一點。

基本特約：我剛是在跟他解釋說，師兄失蹤了，叫他回答每一個你們問的問題，要他配合警探們辦案。

邁爾斯明白你不會再脫稿演出，於是自己也重新入戲。

邁爾斯：他肯配合嗎？

基本特約：他說盡力配合。（停頓）告訴你好了，以前他很了不起，是一個老師，教武術的。

邁爾斯上下打量著亞裔老漢。

邁爾斯：原來大師就是他，是嗎？

基本特約：是的，他以前是我師父。唐人街所有人都被他教過的。他年輕的時候好威風。他能教你幾手。

邁爾斯：教我幾手？（哈哈笑）行。

基本特約：你肌肉練得很大，沒錯，不過啊，這裡面，你的素質軟弱。我看得出來的。你動作慢得像烏龜。

邁爾斯：罵我慢？我露兩手給你看，你這個小——

莎拉硬把邁爾斯拉過去，低聲說話，不想讓旁人聽見，卻還是太大聲。

莎拉：別衝動行不行？

邁爾斯：幹嘛？是他先惹我的。

莎拉：好，就算是他先惹你，但如果沒有他，我們在中國城一定處處碰壁。對**亞裔男**客氣一點，可以嗎？

看好了。簡單三個字：**亞裔男**。縱然爬到了基本特約的等級，即使在這裡，在自己的地盤上，你還是被這三個字界定、輾平、束縛，被綁得動彈不得。三個字決定你的身分，決定你的一切。你的其他特質全被最顯著的外觀遮蔽掉，比天高的才情也無關緊要。**亞裔男**，足以徹底定義你的身分，其他字眼全用不著。

基本特約：欸，你們的悄悄話全被我聽見了。不把我當人看嗎？講什麼「亞裔男」。

莎拉一副做錯事的模樣。

莎拉：我不是有意——

基本特約：對啦，不是故意的。

邁爾斯：更難聽的說法多的是。

基本特約：有嗎？

邁爾斯：有。（停頓）咦，這角色是你自願接的吧？想不想聽句真心話？這是你自找的。

基本特約：黃皮膚是我自找的嗎？

邁爾斯：不是。但甘願跟著一搭一唱的是你自己。看看這環境，看看你努力的成果。你在體制裡一步步往上爬，並不表示你戰勝了體制，而是你讓體制完善了。唯有一搭一唱，體制才撐得起來。

基本特約：你是體制的一份子。你的臉在海報上，你的名字出現在劇名裡。

邁爾斯：有嗎？劇名叫《邁爾斯・藤納》嗎？胡說八道。劇名是：《黑》。（停頓）我不算是人，我只是一個類型。他們讓我當主角，卻沒有賦予我人性，甚至讓我更不像人，把我鎖死了。我從什麼角色起步，你曉得嗎？你知道我吃過什麼苦嗎？你呢？才踏進來五分鐘，哪有資格叫苦？不爽的話就滾回中國去。

你伸出雙手，推邁爾斯胸部一把，他踉蹌後退但穩住腳步。哇。他的胸肌壯得像水泥。鼓漲、平滑、胸肌紋理的水泥塊。

邁爾斯把鼻子湊到你臉前。他比你高十公分，比你重快二十公斤，渾身是肌肉。

然而，你功夫底子雄厚，日日精進，這時你不禁想，換成師兄，他會怎麼做？你懷疑自己能否擺平他。

他咬咬牙，握拳舉成拳擊手。你站穩格鬥姿勢。你的左腳顫動，蓄勢待發。關鍵在眼神——你記得師父的教誨。你看見邁爾斯的目光中有那麼半秒，閃現出微乎其微的疑慮。

莎拉：好了，別鬧了。

基本特約：對。邁爾斯，聽你搭檔的勸告。

邁爾斯：有莎拉撐腰，你就得意了是吧？**白**跟你站同一邊，被她稱讚，感覺很爽吧？

基本特約：你說我是模範弱勢族裔[2]嗎？

邁爾斯：是你自己講的，我可沒講。你懂了沒？關鍵就在這裡。兩個少數族裔在對槓。你不想鬥，我也不想。一旦打起來，就能讓莎拉趁機展現她的格調高我們一等。你幹嘛在意她的看法？而且在她心目中，你算什麼？你剛不也聽見了：**亞裔男**。

莎拉：心情好一點了？威風耍夠了？希望你氣出夠了，我們該繼續辦正事了。

莎拉轉向旁觀中的**亞裔老漢**。該怎麼看待他呢？莎拉拿不定主意。他不構成威脅，不是敵人，也不是部屬或長官，更不是能摩擦出愛火的對象——想到哪裡去了？拜託，他是個**亞裔老漢**。你這下明白了，莎拉是這樣看他，這樣看你，以及你們所有亞裔。莎拉稍微半蹲，對他說話。

莎拉：（接續）哈囉，先生，謝謝你配合。

音量比平常稍大，不只稍大，而是接近半吼，以為他重聽似的。莎拉講話的同時也做著動作，就是有些人面對**年邁亞裔**常見的動作。比劃著三腳貓的手語，其實根本不是手語，全是自己編的默劇，好像不這樣比劃，**年邁亞裔**就完全聽不懂似的；彷彿費了這麼大的工夫，才可和對方的意識交流；彷彿他是外星人。

邁爾斯：（對**亞裔老漢**）你最後一次看見**師兄**是什麼時候？

亞裔老漢看著你，彷彿在問：我要回答嗎？你點點頭。他猶豫了一下，然後

---

2 model minority，指的是一個基於種族或宗教信仰的人口群體，其成員被認為有較高的社會經濟地位。與美國文化高度關聯，泛指在美國的亞裔。

回話。

亞裔老漢：很久了，很久以前。

莎拉：幾個禮拜前嗎？

亞裔老漢：更久……大概有六個月了吧。（停頓）我們吵了一架。

邁爾斯：為了什麼事？

亞裔老漢：還能為什麼事？錢。

莎拉：因為他想借錢嗎？

亞裔老漢：（搖頭）不是借，是給。他想給我錢，可是我不收。

莎拉和邁爾斯互看一眼，然後看著你。

莎拉：師兄現身了，想把錢弄走。

邁爾斯：洗錢嗎？

莎拉：不排除。總之，照這樣聽來，他好像拿到一筆橫財。

邁爾斯：我們只要跟著錢走——

莎拉：就能揪出真凶。

男女主角這時面對面，講完最後這句，兩張臉靠得相當近。會不會接吻呢？這樣的進展太怪了。但他們真的像就要吻上了。他們應該吻下去的。但話說回來，最好不要，因為只要他們一親吻，劇情張力就消失了，再也沒有人在乎這一對會不會結合。整齣戲的重點在於，他們絕不接吻。男臉女臉近到不能再近，深情款款，眉目傳情，卻永不接吻。邁爾斯終於轉移視線，改看你。

邁爾斯：（對你）那麼在哪裡？中國城的金錢窟在哪裡？
莎拉：這很重要。如果你知道內情，請務必告訴我們。

告訴他們是對還是錯？總覺得不對勁。
但這畢竟是《黑與白》。他們給了你一個角色，你不能在這時候退出。
你望向爸爸。他把視線轉開，你當下明瞭他有多失望，但他絕對不說出來。父子倆永遠不會再提這件事。他再度入戲，成了**亞裔老漢**。他不會為你做決定。

角色是你的，由你詮釋。

基本特約：好吧。

邁爾斯：好什麼？

基本特約：我帶你們去，我帶你們深入唐人街。

內景　唐人街聚賭窟

蔡肥佬負責看門。你和他擊掌打招呼，來個男子漢單手擁抱。

「恭喜恭喜，小吳。」他沉聲說。邁爾斯打量他，走向他，突破他的私人領域。

邁爾斯：（粗魯地）我們想見你們老大。

蔡肥佬的表情不變。原本他和你是散房公寓的哥兒們，這時瞬間收起臉孔，一秒變成**東方下流胚**。

東方下流胚：抱歉。這是私人俱樂部，禁止外人進入。

邁爾斯：我在市中心的分局有一間私人俱樂部，想請你去坐坐。我可以訂一個房間，載你過去——

東方下流胚：這裡是營業場所——

莎拉：錯。這裡是違法聚賭。

東方下流胚：我不知道什麼聚賭，我只負責看門。你們不能這樣就逮捕我。

邁爾斯：你上禮拜涉嫌蓄意傷人，我用這條罪名逮捕你總可以吧？另外你還涉嫌當眾醉酒鬧事，兩度拒捕。姓蔡的，服氣了嗎？對，我們摸清了你的底細。

蔡肥佬站開來，邁爾斯顯得不可一世。你錯身入內時，蔡肥佬喃喃對你講話。

「威利斯。」他對你說。

「什麼事？」

「希望你知道你在做什麼。」

「我也希望。」

你進入煙霧繚繞的廳室，聽見撲克牌桌籌碼輕輕發出的聲響，啪啪堆疊著、洗牌、推來推去。性感嫵媚亞裔女穿著高衩服，端著啤酒和威士忌，遞給一群身穿白T恤和長褲的獐頭鼠目亞裔男。無論男女老少，這裡人人一副心術不正的模樣，活像你作弊會被捅一刀，贏錢會被捅一刀，斜眼看他們也會被捅一刀。在外人眼裡，他們確實有這副兇相。然而，你認識這群傻瓜。多數人是你童年玩伴，常一起打任天堂，去第九街那家雜貨店深處的冰箱偷喝冰鎮水果酒。這一群人平均成績可能高於三點七，現在居然假扮硬漢，而且演技傳神。他們全是優等生，全是吃苦打拚的移民，仍夢想著晉級的良機。

二樓辦公室裡的老闆居高觀察眾牌桌，一眼盯客人，另一眼盯員工。

邁爾斯看看莎拉，比向樓梯。莎拉故作鎮定，在你上樓之際，一隻手稍微挪向腰帶上的佩槍。邁爾斯示意要你先進門，他和莎拉跟在你身後。

內景　聚賭窟之老大辦公室　繼續

上到樓梯頂，門開了。本集**大壞蛋**走出來，是小方。爸爸過世不到三天的他眼睛依然紅腫，卻已經重回工作崗位。

「嗨。」你悄聲說，思考著該說什麼才好，想慰問一下，但小方的態度有板有眼。敬業。目前他不姓方，他是**唐人街的小老大**。是小池塘裡不大不小的一條魚。是大魔王出現前的小魔王。中難度的關卡。是第二幕的壞人，讓你的戲進展到第三幕。這角色不錯，只可惜小方的戲路正漸漸被定型。小方的個性溫順，很合他們胃口，方便他們借來發揮。他們也愛他五官溫吞，身形細瘦，膚色略為蒼白，和邁爾斯形成反差，和陽剛形成對比，西方人看見他，直覺反應是亞裔的這一型稍顯猥瑣，內心也是。

小老大：兩位警探。（裝腔作勢、故意發錯音）什麼轟把兩位吹來了？

邁爾斯一把推開他，強行進入辦公室。

邁爾斯：廢話少說，又不是來這裡做禮貌性拜訪。

小老大：喔。那太可惜了。對於肯冒險的遊客而言，唐人街可是個寶庫喲，（對邁爾斯）能嚐嚐異國風味。

小方看著樓下的賭場，場子裡有數十名性感嫵媚亞裔女。他彷彿在說，快去挑一個吧。邁爾斯咳一咳，不自在，調整一下褲襠。小方站起來，拿起高檔蘇格蘭威士忌，大大方方倒了兩指幅高，給自己喝。

小老大：相信我們能滿足你的喜好。（望著莎拉）無論妳喜好哪一型，我們都使命必達。

小方按了辦公桌下的按鈕，片刻後，一名女子進來。不是一名普通的女子。你……不知如何是好，呃，講不出話，也做不出動作，雙手僵住了，臉也是。你愣得像暗戀中的小學童，成了白癡一個。哇。

她看著你，你看著她，然後她看著你，你不懂她為什麼看你，想著想著，你發現自己不也正盯著她？她——到底是什麼來歷？你想不通。

「我們認識嗎？」你低聲說。她不是沒聽見就是置若罔聞。

邁爾斯：少來這一套。我們想找一個人。

小老大：搜索票帶來了嗎？合理根據是什麼？

莎拉：我們有他。

她指著你，停頓一拍。四下靜悄悄，眾人全看著你。

小老大：他？他算哪根蔥？

莎拉：他現在跟我們合作，懸案組。

邁爾斯轉向莎拉，像在問什麼跟什麼？她看著你。你強壓著臉紅的衝動，奈何腿軟了，頸背的皮膚發癢。

莎拉：（對你）換你上陣了。

你清一清嗓子，口氣盡量像自己懂狀況。

基本特約：**師兄**失蹤了。

你的嗓音有點分岔，邁爾斯聞聲嘻嘻一笑。

小老大：我聽說了。

莎拉：我們得知他和他父親吵了一架，最近還弄到一筆錢，推測他想找個保險一點的地方藏錢。

小老大：你們以為這事跟我有關嗎？

邁爾斯：（下巴朝賭場點一點）藏這地方很明智嘛。

小老大：對，有道理，確實是。不過，都怪你們不懂師兄的個性，才會有這個蠢得不像話的推論。（看著你）這推論有多蠢，你怎麼不早點告訴他們？

你努力擠出撲克臉，可惜你在撲克牌桌前的演技很差。莎拉從你臉上看出端倪。

莎拉：他是什麼意思？

基本特約：師兄不在乎錢，一點也不看在眼裡。

小老大：認識他的人都只知道他擬了一個計畫，不過跟錢完全沒關係。

邁爾斯豎起耳朵。

邁爾斯：什麼計畫？你最好從實招來，否則——
小老大：否則怎樣？我幹嘛告訴你！
莎拉：因為這房子裡的證據多的是，聯邦和州警都有辦法治你，給你坐不完的牢。（停頓）除非你能提供有助於辦案的情報，能讓我們放你一馬的情報。
小老大：我要豁免權。
邁爾斯：辦不到，我們掌握到你太多把柄了。
小老大：我才不跟你們談條件。
邁爾斯：我也不談。

邁爾斯咬咬牙。你看到了，不知是想賞他的臉一拳，還是想伸手摸一摸。

莎拉：我們可以代你向檢察官說情，幫你協商出對你最有利的做法。
邁爾斯：說不定可以在你小孩大學畢業前出獄。
小老大：談條件，是嗎？警探，我是生意人，懂得談條件。你們開的條件爛爆了。

小方發出暗號，樓下花旗骰賭桌頓時傳來稀哩嘩啦的酒瓶摔碎聲。有人抓起俄羅斯輪盤底部，舉著厚實的橡木輪盤當飛盤，甩向另一邊，撞進吧台裡，打翻了龍舌蘭酒、可樂娜啤酒、紅酒，酒香四溢。牌桌被掀了，籌碼飛天，到處是拳打腳踢。槍聲砰砰砰，大家就地找掩護。邁爾斯和莎拉拔槍，彎腰衝至窗邊以評估全局。混亂之中，小方鑽進祕密出口溜走了，留下他剛介紹的神祕美女。

「呃。」你說。太笨拙了吧，驢蛋。行徑和動作片明星半斤八兩。

「快趴下！」她說。這一幕是脫稿演出，你呆住了，像木頭人站著，不知如何是好。她朝你俯衝過來，你倒地，四散的子彈正好擊中你背後的玻璃，碎片紛飛。你和她落地，兩張臉近距離。過了一秒你才回神，她救了你一命。

「我叫凱倫。」她說。腳本裡同樣沒有這一句。

「威利斯・吳。」你說：「小名威爾。」

「幸會，威利斯・吳。」

一條走狗出現在門口，是蔡肥佬。你率先注意到他，趁大家還沒回過神，你跳站起來，表演前手翻，動作一氣呵成，一個跟斗就把距離拉近了四分之三，不是正面衝突，角度偏向敵方慣用手的另一邊，一腳踹掉他手上的槍，看著槍順著地板滑向邁爾斯，停在邁爾斯腳前。他轉身，思路仍在過濾一秒前的場面。你喘夠了氣——嘩。剛才你動作快，是全場最迅猛的一個。師兄等級的武打場面。連你都不知自己有那份能耐。連師父看了都可能動容。

你抓緊蔡肥佬雙腕，用膝蓋壓住他的背部，把他固定在地上。幾乎像真的警察。

「哇靠！」蔡肥佬小聲叫苦。「小吳，輕一點嘛。」

你說對不起，稍微放輕動作。

「還好啦，威利斯。剛才你耍的英雄招很猛耶，功夫什麼時候練得這麼好？」

「不知道。」你說：「大概是一直有在練吧。」

「廢話，」他說：「我看得出來。」

基本特約：大家都沒事吧？

莎拉爬起來，拍掉身上的碎玻璃。

莎拉：表現得不錯嘛。

邁爾斯收手槍進槍套，神情仍驚魂未定。

邁爾斯：（對你）你剛才沒照規矩來。

莎拉：哼，你的狗命是他救回來的，邁爾斯。

邁爾斯：可惡。姓方的溜哪裡去了？

莎拉找到暗門，拉向左開，拉向右闢。

莎拉：快來看，他溜走了。

邁爾斯銬住蔡肥佬，動作稍粗魯，把他摔在椅子上。

邁爾斯：說！你們老大知不知道師兄的下落？他們是同夥吧？

你胡謅一句中文，對著蔡肥佬講，蔡肥佬也臨場瞎掰假對白回應你，然後以真正的粵語說，老子才不告訴你。你轉向莎拉和邁爾斯。

基本特約：他說什麼都不知道。

女人：（鏡頭外）他說謊。

你轉向女人，臉色詫異。

莎拉：吳，這位是凱倫・李警探。喔，你們倆好像剛剛認識了。

你轉頭看凱倫，盡力不要昏倒。她臉上那一對顴骨，那一雙耳垂，那一頭秀髮！她的頭髮應該能拍廣告。

凱倫・李和你握手，手勁剛強，對你巧笑，你霎時明白曾在哪裡見過她：海報上。《黑與白》海報背景裡的飄飄女。

基本特約：謝謝。

凱倫：謝什麼？

基本特約：呃，妳不是剛救了我？

凱倫：我知道。我只是想聽你親口說出來。威爾，你剛才的腿功挺厲害，我們可能用得著你這樣的人才去臥底。

基本特約：妳指的是，呃，全職的角色？例如——

凱倫：**功夫明星**嗎？也許吧，什麼都有可能。

她看著自己的手，因為你仍握著她的手不放。你鬆開手，她燦笑著，上身朝你傾斜，香氣迷人。

她悄聲對你說：交給我就好，你別開口。你點點頭，懷疑自己為何聽她話。喔，對了，因為你大概愛上她了。她轉身回去面對莎拉。

凱倫：他知道些內幕。不過，他死也不肯告密。

邁爾斯：（點點頭，咬咬牙）對他們這些人而言，名譽非常重要。

凱倫：是啊。而且告密的話，他全家都會被殺。

莎拉：（對李）妳有沒有查到什麼？
凱倫：怎麼不先問我的臥底行動有沒有曝露？你們闖進來攪局，搞砸了我的調查，放走歹徒，鬧得烏煙瘴氣。
莎拉：對不起，凱倫，情況失控了。不過，歹徒遲早會被我們抓到。
邁爾斯：姓方的八成已經逃去香港，錢都溜走了。
李舉起一只愛馬仕包包。
凱倫：錯！錢在這裡。
邁爾斯接下包包，打開，倒過來。
邁爾斯：空的。
凱倫：錢不在包包裡，包包本身就是錢。
莎拉：（恍然大悟）山寨品？

凱倫：小方做的是名牌仿冒品生意，唐人街最好賺的外銷事業。
莎拉：那麼，我們下一步該怎麼走？
凱倫：（轉向你）我敢說你知道這些包包的工廠在哪裡。
基本特約：我知道？
凱倫：你知道。

這時你明白了，這句是銜接下一幕的橋段。這是《黑與白》的運作關鍵，劇情跟著每條線索逐步往前推進。你搭主角的便車，目前成了劇情主軸的一部分。你只需跟著走，凱倫會保你平安。

基本特約：對，我知道。
凱倫：好，那我們還在等什麼？走吧。

凱倫看著你，彷彿說著：你和我，我們兩個齊心協力。她的表情令你的心融化了一小角，緊接著，你發現自己的背部濕了，懷疑自己該不會真的融化了吧？

你摸摸襯衫，濕濕的，打鬥時流的汗吧。奇怪，汗怎麼只流右邊？你收手一看，見到滿手鮮血，腳下的地面也是。一大灘血，你的血。這時你雙腿不支，整個人癱倒在地。

莎拉：糟糕！（轉向基層員警）快叫救護車——有個……呃，亞裔男中彈了。

邁爾斯單腿跪下，俯身對你講話。

邁爾斯：這案子的功勞算你一筆。

基本特約：現在才對我假好心嗎？

莎拉：我不會忘記的。我們不會忘記，你為家人爭光了。

基本特約：咦，什麼跟什麼？

邁爾斯：你快死了，老兄。

基本特約：什麼？已經沒戲唱了？確定嗎？

邁爾斯：確定。

基本特約：我不懂。我怎麼可能快死了？我才剛達陣啊。（對凱倫）我才剛認識妳啊。

凱倫警探一副認命的表情，但毫不訝異。

凱倫：我知道，威爾。我知道。這局面我也不樂見，不過，你也曉得這是怎麼回事。你是個**亞裔男**。你有戲可演的時候，劇情很有可看性，可惜現在你的戲結束了。希望你我有緣再相遇，也許換個地方吧。

你心想，才不會，不會換個地方。你們會在這裡重逢，明年在唐人街，同一個地點。在美國，身為黃種人，一個基本特約演員，永遠是過客。

畫面漸黑

在諸多面具的背後，在諸多角色的身後，每一名表演者往往僅有一副表情，一副不食人間煙火的表情，一副專注的神態，全心浸淫在一項變化莫測的艱難任務中。

——厄文・高夫曼

第四幕

打拚中的移民

從小，你夢想成為功夫明星。
但你不是功夫明星。
眼看你就快成功了，結果卻死翹翹。

《死》

領便當這件事，糟透了。

《死》第二部分

首先，四十五天之內，你不能入鏡。

桌上擺著咖啡和甜甜圈，你在這裡巧遇一張熟面孔。

「嗨。」你說：「美女警官。」

「基本大特約。」她說：「我們又見面了。」

「在這裡遇見妳，很驚訝。」你說。

「有什麼好驚訝的？」

「劇名是《黑與白》，」你說：「我還以為妳的角色會比較吃重。」

「這裡的邊緣人又不只亞裔男，威利斯。你左右看一看吧。」

你明白了她的意思。一群亞裔男和一群黑人女子吃著熊爪麵包，把奶精倒進紙杯裡攪拌著。

「改天，我們應該演自己的戲才對。」她說：「《黑與黃》。」

「妳演什麼？前中情局探員？」

「副業是超模，也是四個孩子的媽。」她說：「小孩丟給在家的老公帶。」

「那我演什麼？」

「隨你挑。」她說。

「作大頭夢吧。」你說。

「敬大頭夢。」你倆舉起紙杯，互碰一下，敬你們都知道永遠不會發生的事。

《死》第三部分

為什麼空四十五天？這日數是最低限度，要讓所有觀眾忘記你才行。因為，假如你禮拜二才遇害，卻又在禮拜四復活，飾演街上的路人甲或打雜的，就算你們都長得差不多，感覺還是很怪。

「空幾天最好」這類規定，是怎麼推敲出來的？沒人知道，總之有人動動腦筋就算出來了。對他們而言當然最好，對你而言就不是了，也不適用於靠飾演**送貨員**、**雜務員**、**神祕亞裔路人**維生的任何人，空一天都不好。空四十五天感覺漫漫無絕期。你再怎麼需要錢，苦水吐得再哀戚，哭訴家裡有個生病的寶寶、餓肚子的孩子、沒錢買藥的老媽，選角師照樣不領情，在冷凍期連考慮都不考慮用你。他們哪會管這些？你一死，你連一隻小蝦米都稱不上。

有些人認為，死又沒什麼大不了，因為假如你從來都不死，假如同一個角色扮演太久，你會開始迷惘，會忘記原始的自我。

你的母親以前常常死。她一死，你一定知道，因為她會去接你放學，她會摘下髮簪，讓髮梢順在肩膀上，你見了這髮型，見了下工不卸妝的臉龐，總覺得她真豔麗。她會帶你回散房公寓的家，在你洗臉洗手洗頸子、換穿睡衣的同時，幫你炒飯，打顆蛋，配一些醃黃瓜。你一生最歡樂的時光，有些是母親死掉的時候，因為你知道她一死，就能連續六星期待在家，你天天下午都能獨享母愛。在你玩玩具或看電視的時候，她會坐你身旁，練習著英文，等待著復活的那天，時時為下一個角色做準備，角色再小也無所謂，只演一天也行，只求能扮任何人，一下下也好。

她一死，她就能扮演你的母親。

內景　美國電影　一九五〇與六〇年代

曾經，她有更高遠的志向。起步階段，她是妙齡亞裔女。她憧憬充滿浪漫和華麗的美好人生，盼能打進美國電影圈，演出一九五〇年代少數能榮登台北大銀幕的美國故事之一。小時候，在午後的台北，一家十個小孩隨父親進戲院，大家輪流喝一瓶可口可樂，排行老八的她或許才好好喝一口，瓶子隨即被兄姐搶回去，但一口就夠她回味無窮。太矮的她縮腿跪坐在椅子上，以便看得清楚些。她邊看邊握著父親的手，見到銀幕上一張張美得沒話說的面孔——葛蕾絲・凱莉、金・露華、娜塔莉・伍德……白皙透光的肌膚在陰涼的戲院裡晶瑩亮麗。

內景　她的電影版人生　夜晚

她身穿酒紅色的立領短袖旗袍，從頸部到裙底全是金絲滾邊，雙腿開高衩。爵士歌王納京高的歌聲從點唱機流瀉而出，三兩成桌的男士抽著菸，煙霧繚繞。眾男士見她輕巧步下階梯，不約而同轉頭行注目禮。

在此同時，男主角進場。他是亞裔老漢，而這年代的他和她同樣年輕，外型俊逸。她的美令他一見傾心。

俊逸亞裔男：我一直在找妳。

亞裔美女領檯員：是嗎？既然找到我了，你有什麼話想說呢？

他張嘴卻啞然。

她對他有所期待，可惜他沒有台詞，什麼話也說不出來。他在腳本裡也沒有舞台指導，沒有走位動作，沒有括號顯示兩人的內心戲。他回頭望門口，看著她，回想著，但門外的世界已經漸漸從他指掌間流走。只要他們能找得到路逃出去，他們能在外共築一段人生，能租房子，甚至作大夢買房子。他們也能找工作，換新裝，換掉亞裔女、亞裔男的名字。

實情不然，他們仍留在這裡。在煙茫茫的這廳室裡，她穿著旗袍，他穿著西裝。鏡頭往後推遠，我們發現，這地方曾經是金碧輝煌的宮殿，色彩比現在繽紛，音樂比現在輕快。如今，這裡是金宮中式餐館。

內景　金宮中式餐館　夜晚

穿著旗袍的她豔光不滅，不是輕巧步下樓梯，而是鎮守領檯員的崗位，站著迎接上門的饕客。

他仍穿著西裝，但現在不打領帶，頂釦開著，露出汗濕的汗衫，黑西裝褲的膝蓋部位快磨穿了，因為他時常鑽進大冰庫，要扛二十三公斤重的米袋，以及清理桌子並端走蒸魚、紅燒豬肉、酸辣湯等殘餚。

打烊後，他逗留不去，想等看看她是否願意陪他喝茶。

亞裔男／服務生：妳有名字嗎？

亞裔美女領檯員：嗯，算是沒有。

亞裔男／服務生：乾脆幫自己取一個嘛。

亞裔美女領檯員：可以嗎？

亞裔男／服務生：怎麼不可以？我們互相稱呼就好。妳有沒有覺得哪個名字好聽？電影裡的名字？

她思考一陣子，決定了。

亞裔美女領檯員：桃樂蒂，我就叫桃樂蒂好了。你呢？我怎麼稱呼你？

亞裔男／服務生：妳可以叫我吳明晨。

兩人很有話聊，合抽一支菸，一壺接一壺的烏龍茶或她最愛的菊花茶，彼此互訴身世。

在家鄉，她家的日子過得清苦。他以微笑表示認同。我也是，我也是，兩人相視呵呵笑起來。他們只找得到打拚中的移民的工作。苦歸苦，他們依然感恩。這故事的情節還像樣，還算好理解，兩人飾演社會或政治底層的無名氏，是邊緣人的小角色。從他們的視角難以一窺大環境，但他們知道身後垂掛著一面史蹟斑斑的舞台幕，他們身負重責大任，是美國夢大時代裡的兩顆螺絲釘。因此他們盡其在我，把小角色演好，只求前腳先踏進去。

內景　桃樂蒂身世　醫院　白天

一九六九年，在黃種人罕見的阿拉巴馬州，她擔任護士的幫手，當年的薪資水準是時薪一元七毛五，後來加薪兩毛五，漲成兩美元的整數。她的工作是拿海綿為老年病患擦身體，躲避色眼和鹹豬手。嗨，過來嘛，嗨，搪瓷皮膚的杏眼中國美眉，讓我看看那雙苗條的玉腿。她以禮貌但堅定的態度制止病患亂來，病患立刻變臉，有的尷尬憤慨，有的因權益受損而發飆，有的說：我的便盆該清了，有的喃喃罵著穢語。

家不是一座安全的避風港。來到美國進港後，她去胞姊和姊夫家依親，起先以為自己是客人，但不久後，家事和任務纏身，她反倒覺得自己像外勞。姊姊安琪拉可能嫉妒她的美貌。有天，她借了姊姊的毛衣來穿，姊夫以眼神吃她冰淇淋，姊姊佯裝沒注意到。毛衣事件發生不到三個月，她突然被掃地出門，被趕去俄亥俄州投靠另一個姊姊。安琪拉已幫她收拾好行李，塞一張前往亞克朗市的單程巴士車票給她。

（事隔幾月，桃樂蒂收到一封信。姊姊安琪拉寄來的。好奇的她拆信看，裡面有一張帳單，羅列出她寄居安琪拉家十二週的款項。一碗飯一毛錢。洗澡太久，加收一毛五。洗衣費兩毛錢……帳單裡也列出桃樂蒂的巴士車資。）

內景　灰狗巴士　美國鄉間路　白天

隨著巴士，桃樂蒂在公路上輾轉前行，沿途景觀對有些人而言或許平淡無奇，但看在她眼裡，景色好壯麗啊。在她長年嚮往的國度裡，她見到想像中的鄉野風光，瀚杳廣袤的平原，一望無際，河湖穿插其中，灰色、藍色、銀色、粉紅的天空。

風景都看不完了，她哪有閒工夫理會同車乘客的表情，在卡車休息站用餐解內急時，她無視粗漢的目光。她也無暇顧及車上的臭味。當時是初夏，五十八名陌生乘客同一車四天，體臭充鼻，她都能忍受。車子載著她往北跑，奔向俄亥俄州，她安之若素，在腦海裡的北美地圖上一點一點畫著線，通往她的目的地。

被姊姊逐出門的傷口尚未癒合，桃樂蒂又被撒了一把鹽。桃樂蒂發現，自己的藏書幾乎全被姊姊沒收了（無疑是被當成債務抵押品）。行李中唯有一本漢米爾頓版《希臘羅馬神話集》，是她從小就心愛的一本書。小時候，她去家裡附近的圖書館，逛到報廢書區，獨鍾被同學嫌棄的這本破爛平裝書，書背印有「美國出版」的字樣。藉由這本神話故事書，她學習閱讀外語。她喜愛書中的章節簡短而自成一格，每一章又相互呼應，薈萃成眾神的宇宙，有男有女，有地位高低不一的精靈，有各路鬼神和大將、副手，有死對頭，有層級，各有對等的神力和弱點，彼此勾心鬥角，壞事做絕，還有誰偷偷愛著誰。每次桃樂蒂一打開書，希望翻到新的一章，讀到一個從沒讀過的神，獲得一些見識。她最喜歡小神，因為小神比較容易讀透，想進一步認識，也可以參考其他作者對這位小神的著墨，進而成為這位小神的專家。哪一天，等她成了權威，等她憑個人學識晉身專家，她也想在書裡擴增一個神，或許能憑空想像出自己專屬的小神。小神取什麼名字，她還沒決定。

就叫做客運之神好了。海綿浴之神，或是地圖之神，或最低工資之神。移民之神。

內景　桃樂蒂的未來

時光快轉。多年之後，這本神話故事書再次浮現，這次的定位是移民的世代傳承、融入社會。桃樂蒂現在成了亞裔老婦，又發現了這本書（已因百讀不厭而毀損，隨時可能散裂）。在狹隘的散房公寓家中，她想朗讀這書給兒子聽，看著兒子皺眉，每字聽得一知半解，表情時而驚慌，時而喜悅，高興的是自己發音標準了，照這樣讀下去他或許能全懂。凡事初體驗之神。他臉上的神情。

多年後，桃樂蒂會接到一通電話。是姊夫。趕快來照顧妳姊。桃樂蒂返回阿拉巴馬，發現胞姊安琪拉坐在黑暗中，看著一齣劇像是連續十小時的廣告。安琪拉包著尿布，一天半沒換了，冰箱裡沒東西吃，也沒辦法出門買菜。

桃樂蒂幫姊姊清潔身體，抱她上床，為她安排長期照護，以姊夫的積蓄支付。帳戶匱竭後，姊夫再也幫不上忙，桃樂蒂只好帶姊姊回自己家，餵她，清洗她，將近一年。差兩天就滿一年，在涼爽的秋日早晨，安琪拉辭世了。

內景　金宮中式餐館

吳明晨坐著聆聽。

桃樂蒂：就這樣，我最後來到這裡。

她發現吳明晨一直盯著她看，或者是凝視。比較像凝視。

桃樂蒂：你呢？

吳明晨回過神來，覺得不好意思，想趕走剛才的傻樣。

吳明晨：什麼？喔，抱歉，我只是……我喜歡聽妳講話。

聽了想笑的桃樂蒂忍住。

桃樂蒂：聊聊你的過去吧？

吳明晨：我的過去？唉，妳不會想聽吧。想聽嗎？

桃樂蒂：想聽，我真的想聽。

外景　吳明晨的身世

他比桃樂蒂年長幾歲，但人生路與她大相徑庭。他誕生在歷史劇中，分配到的角色是威權體制下的苦兒。

開始歷史新聞集錦

播報員（旁白）：

一九四七年二月二十八日，執政黨國民黨出動軍警，鎮壓反政府的抗議行動，史稱二二八事件，爾後數星期，幾萬名台灣百姓罹難。《紐約時報》報導：「見人便燒殺擄掠，肆無忌憚。有段時期，路人一出現便遭射殺，民宅遭入侵，居民遭殺害。低收入區的街頭據說陳屍遍地，身首異處、手腳殘缺、婦女遭姦污等情事亦時有所聞。」

到了三月四日晚間，台灣宣佈戒嚴。之後，民眾持續起義數週，大致掌控全島，但時至三月底，台灣行政長官陳儀在三月八日自大陸抵台的軍隊協助下，奪回掌控權。陳儀下令揪出帶頭起義者，加以拘禁或處決，部屬處決達三千多人。

一九四九年，蔣介石與國民黨遭毛澤東逐出大陸成定局，遂率黨國人士撤退至台灣，於一九四九年五月十九日再度宣佈戒嚴令，遲至一九八七年夏才解嚴，為期長達三十八年五十七天，是為全世界最長的戒嚴時期，史稱「白色恐怖」。在政府主導下，數千名台灣民眾遭毒打、殺害或因此下落不明。

二二八事件當時，吳明晨才七歲大，眼睜睜看親屬在他面前中槍，見自己的家園和家鄉被洗劫、搗毀、縱火焚燒。他看見大人和沒大自己幾歲的小孩先是反抗，後來只求能活下來。家裡失火時，他見父親回頭衝進火場，跟他說，數到一百，爸爸就平安回來。

內景　金宮中式餐館

桃樂蒂：（插嘴）為什麼？他幹嘛衝進去？

內景　吳明晨的身世

母親帶著他和幾個還是小娃兒的弟妹，等著爸爸從小房子裡衝出來。他數到一百，停一下，不知該不該繼續數下去。

數到九十九，他開始擔心。數到一百二十一時，他哭了出來。數到一百八十九，他想著，爸爸一定被燒死了，結果爸爸從完全焦黑的門鑽出來，捧著一盒東西。

小明不知道裡面裝什麼，也沒問爸爸。他猜媽媽知道，因為她打開盒子看一看，然後看丈夫，搖搖頭，意思好像是，真不敢相信你衝回去拿這個，也好像是，我明白你為什麼搶救這東西。

後來，吳明晨得知盒中物是一張紙，祖產的地契。這塊土地將來會變得非常珍貴。爸爸冒著被燒死的危險是為兒女著想，想讓兒女將來有好日子可過。

但在火燒屋的前面，小明不知道盒中物是地契。他只曉得，那盒子很貴重，因為他剛目睹爸爸衝進火場搶救。他也看著國民黨的一士一兵等候爸爸衝出火場，氣定神閒對著他背後開槍，子彈從喉嚨飛出。士官隨手拾起裝著地契的盒子，帶著阿兵哥離開，留下吳家人，爸爸沒了，房子沒了，未來也沒了。

內景　金宮中式餐館

桃樂蒂一手放在吳明晨肩膀上，擱著不收回。

桃樂蒂：你沒機會認識爸爸。

吳明晨：嚴格說來是沒有，印象也只有兩、三個關鍵的場景反覆重演。那時年紀太小了。（停頓）可是，我排行老大，不想辦法不行。

桃樂蒂：所以你移民過來。

吳明晨牽起桃樂蒂的手，輕輕握著。

內景　吳明晨的身世　前進美國

我們看見青年吳明晨移動著，前進新世界，雙眼爍亮，熱望滿腔。

課堂上，在台灣中部，小學生吳明晨凝望著世界地圖。

地圖上，北邊的加拿大是粉橙紅，南邊的墨西哥是萊姆綠，夾在中間的國家是寶藍色。小明夢想著美國的氣息。烤肉香，收音機轉播著棒球賽，街上也聽得到。

在他的夢想中，他在晴朗的週一上午搭輪船抵美國港口，友善的陌生人朝著他和乘客招手，歡迎他們上岸。

內景　吳明晨身世　美國

實際上，青年吳明晨在三更半夜的死寂中抵美，排隊等官員在他的證件上蓋章，然後再進到另一區等候，同座的這群新人看似來自世界各國。等候室很冷，除了天花板的日光燈吱吱叫聲之外，聽不見其他聲響。沒有人前來迎接他。事情辦完後，他坐上一輛巴士，一連坐了四天，每天僅下車兩次用餐、上洗手間，最後來到密西西比州，在死寂的夜色裡下車，被蚊子包圍。

內景　吳明晨的身世　密西西比　一九六五年　白天

他和五名研究生合租一棟房子，室友多數是外國人，中本來自日本，金和朴來自韓國，辛格是印度旁遮省錫克族人。也有一個台灣同胞，名叫陳亞倫。吳明晨懷疑，在密西西比州，他和陳亞倫可能是率先留下台灣人足跡的兩個。

他在大學教書，有一小份津貼可領，同時也開始讀碩士班，探索自己的研究領域。吳明晨的租金是每月十四美元。一九六〇年代密西西比州大學城的幣值。他的研究生津貼是每月一百美元。頭一次見到這張支票，他還以為看錯了。金額確切無誤。吳明晨活這麼大了，首度，也僅此一次，覺得自己是富翁。

除了每月一百美元，他每季也有二十五美元的住宿補助。有一學期，他贏得最佳助教獎。半數學生喊他中國佬，幸好大多不懷惡意。他以壓倒性多數票贏得助教獎，領到獎金五十美元以及一張獎狀。他將獎狀裱框，把五十美元寄回家。他領到的錢幾乎全寄回台灣。總而言之，他的日子過得還不錯，每月能上館子犒賞自己一次。起初，他不喜歡吃漢堡，但後來點餐時懂得交代不加美乃滋或番茄醬，肉和麵包分開吃，萵苣和番茄也是。

有一天，他回家發現室友陳亞倫正在開貓罐頭。房子裡什麼時候養貓了，吳明晨怎麼不知道？他理解了，房裡沒貓，想吃貓食的是陳亞倫。

吳明晨拿走罐頭，不准陳亞倫再吃貓食。陳亞倫指向他剛進市區買來的一整袋子貓罐頭。吳明晨說，找隻貓餵牠吃就好了。那一晚，他帶陳亞倫進一家快餐店，請他吃漢堡，之後每星期留兩、三元，擺他桌上，或放進他在研究所的郵箱。他們一同出去找貓。陳亞倫終於找到一隻，把貓餵得飽飽的，好景維持了一陣子。

貓罐頭用罄後，貓又回來討食，他們只好拿剩飯菜餵牠。

吳明晨的五位室友全被亂喊綽號。他們拿出來互相比較。當然少不了清客，也有細眼佬、日本鬼子、倭寇、蠱客，以及包頭仔[3]。有些綽號具針對性，有些則是一竿子打包眾民族的泛稱。然而，吳明晨始終難以釋懷的卻是最初的那綽號：中國佬。這詞有China，有man，字面上可以說是單純的描述語，也像最無傷大雅的別稱，但正由於字義簡單，而且能廣泛適用，一個單字能涵蓋數不清的底蘊，

3 皆為亞裔的貶義稱呼。Chink指華裔；slope指亞裔；jap與nip皆指日本人；gook主要指越韓人民，泛指東亞人；Towelhead則指中東人。

一語能界定你的本質。對我而言，對我們而言，你永遠是外人，不是我族，是有別於我的東西。

但大多數時候，這群室友是研究生，是男人，做著男性研究生常做的事。他們常圍桌坐，抽香菸，湊錢買香菸。

吳明晨偶爾會借陳亞倫的菸抽一口。他們抽著菸，喝著摻太多水的啤酒，或喝室友從教職員休閒室偷拈回來的廉價威士忌。大家在牌桌上有說有笑，互相談論自己被喊什麼綽號。通常是大學生取的。教職員一般表現得禮貌，只不過大多數時候對他們敬而遠之，一看就知道。有些教職員還算熱情，少數幾個。態度最多元的是市區民眾。很多人客客氣氣，話不多。多數人帶警覺心，略帶氣焰的嫌棄態度。

某日，吳明晨回宿舍，心情出奇地好，進門時還哼著歌。那天晴空萬里，天色寶藍，鳥語宛轉。吳明晨哼著歌進廚房，見所有室友圍桌坐著。他看到大家的神情，立刻收起音符。

陳亞倫出事了。

什麼？

他進醫院了。被人打到昏迷不醒，被罵日本鬼子。

根據目擊證人，帶頭動手的歹徒擊中陳亞倫的太陽穴，陳亞倫倒地，同夥人罵著：「這拳替珍珠港出一口氣。」

吳明晨心想：我也可能遇到。中本說：應該找我下手才對吧。

所有室友都心知肚明：這拳針對的是我們這群人，不分國別。重點是，對圍毆陳亞倫的人而言，東方人全都一樣。陳亞倫的眼睛腫得睜不開，惡棍還拿個大袋子裝滿電池和石頭，重擊他的丹田，打得鮮血從咽喉直噴而出。陳亞倫就是朴、金、中本、吳，他們全是陳亞倫。日本、中國、台灣、韓國、越南，管你是哪一國。只要是從那裡來的都一樣。細眼佬。日本鬼子。倭寇。清客。包頭仔。都一樣。這次教訓之後，照理說，室友們會走得更近才對。實則不然。他們不再圍桌相聚了，不再自述被喊什麼綽號。因為，他們現在知道自己的定位了，一輩子除不掉的定位。

亞裔男。

室友們愈來愈常閉關用功，或是假裝讀書，其實是躺在床上，瞪著天花板。那一年年底，辛格轉學去俄勒岡州立大學。朴和金搬走了，在校園另一邊合租公寓。不久，吳明晨和他們失聯。最後如世間常情，彼此全不再聞問。唯一的例外是陳亞倫。

他和吳明晨保持聯繫，常寫信給吳，吳差不多每收三封遲遲回一次，信寄得充滿歉疚。

後來，陳亞倫在象牙塔裡節節高升，進而轉戰業界，成了這群室友中的佼佼者，原來腦筋轉得最快的人竟是他。吳明晨聽見他捷報頻傳，也漸漸喜歡耳聞他的近況。

當初陳亞倫慘遭毒打，百分之九十五的命被送進鬼門關，三名惡棍一直逍遙法外。有沒有被抓到並不重要，人人都知道是誰下的手。日後，陳亞倫領銜演出《美國夢：移民成功紀實》。他是個罕見的異數，出走唐人街，前進郊區，踏上傳說中的樂土，與主流共處。大家都知道，主流指的是白人。

他進麻省理工深造，取得博士學位，結婚，育有一男一女。他被痛毆曾導致腦震盪，後來終生飽受頭疼的困擾。五十一歲那年，他的發明申請到專利，廣受業界應用，為他在幾個領域開創新契機。通用電器公司買下他的專利，出價將近三百萬美元。陳艾倫再接再厲，後來一共申請到數十個專利。

新富階級的陳亞倫家有賢妻，對兒女呵護有加，小孩也乖巧貼心，他卻決定搬出去住一陣子。他考慮回台灣，但顧及入境身分已逾期，唯恐回台後無法再返美。

他在美國定不下心。台灣不再是他的家。不知不覺中，他的心思愈來愈常飄回華埠。在唐人街，民眾把他捧成地方名人看待。老同鄉，賺大錢，闖出名氣了。五十八歲那年，陳亞倫吞下半罐安眠藥，一覺不醒。事隔兩年，他女兒克莉絲汀從史丹福大學畢業，母親和哥哥出席畢業典禮，看著她獲頒物理系主任獎，看她上台致詞感謝父母親。母親感動得哭了，哥哥拍拍手。典禮結束，一家三口出去吃晚飯。畢業後兩星期，克莉絲汀在五號州際公路旁的休息站停車加油，有人開快車經過她身旁，時速接近四十英里，開車窗對她破口大罵，叫她滾回老家去，還對準她腦袋扔一瓶喝了一半的啤酒。她被送進急診室搶救，頭皮縫了十一針。後來，她在歐洲核子研究組織升格首席研究員，可惜一如父親，她也終生頭痛難癒。她再也不涉足唐人街。

吳明晨在密西西比讀完兩年，平均成績高達三點九四，畢業後進入UCLA博士班。

博士班第一學年期末，他通過資格考試，成為博士學位候選人。第二年讀到一半，母親生病，他不得不輟學賺錢。他找專科領域的工作，也找其他領域，願意活用他的專精學識。無奈，儘管他成績優異，業界的意願並不高。有一次面試情況特別慘烈，主考官主動勸他。

「大家都不太想聘你。」他說：「問題出在你的口音。」

「我講英文沒口音啊。」吳明晨回應。

「就是說嘛，好奇怪。」

於是，吳明晨學會了華人腔，然後找到工作，扮演他唯一能演的角色**亞裔青年**，在福宮餐廳。洗盤子，收拾餐桌。在唐人街。

他裝腔，摸清這地方的運作道理。他本質上不是**亞裔青年**，但他弄通了身為**亞裔青年**的撇步，久而久之成精。

外景　桃樂蒂的身世

她把家當塞進唯一的藍色行李箱，從俄亥俄州搬進唐人街。行李箱裡有六件上衣、四條聚酯纖維長褲、一張父母親在台北街頭的留影。照片裡，爸媽站得直挺挺，相隔三十幾公分，彼此不碰觸，四顆眼珠盯著鏡頭。台北是他們結緣的地點。

她帶七件內褲和兩雙鞋子，帶著一份焦慮難安的神態。她常不期然爆笑出聲，像熱鬧的聚會裡常突然聽見的那種，笑一聲隨即止住。她記著母親病危的往事，十個孩子包圍著母親，聽母親囁嚅問著為什麼，為什麼，問得赤裸裸。為什麼？終其一生，桃樂蒂不時捫心自問，這段往事可不可靠？她懷疑，是不是自己的執念如同滲血，從相框滲進相片中？

她帶著幾炷香，帶著公媽神主牌，也帶著一個較小的牌位，供奉特定的一位小神，保佑移民在房地產交易飛黃騰達的小神。很久很久以前，這位神祇主掌農業，保佑灌溉和豐收，唯有祂最能理解房地產六字訣：地段、地段、地段。

對小神祈禱時，你閉上眼睛，為自己和家人想像一座家園，裡面有四間臥室、兩間全套衛浴和一間半套衛浴，然後睜開眼，看見自己置身南加州，心想事成了。

然而，無論桃樂蒂再怎麼祈禱，大家都不想賣房子給她和吳明晨。不賣拉倒，反正他們也買不起。可惡的是，也沒有人願意出租房子給他們住。這也不難理解，因為桃樂蒂和吳明晨收入微薄，只不過，房東不給租的原因並非嫌他們窮，拒租的癥結在於他倆的膚色。儘管在美國，在這故事的年代，嚴格說來，法律禁止房屋租賃交易歧視人種，但實際上，歧視也沒人管。移民神一路扶持桃樂蒂到這裡，不料房地神卻棄她於不顧。她和吳明晨走投無路，只能去一個地方租房子：唐人街散房公寓。好處是，他們付得起散房的租金。

他們租下他們找得到的最大的一間，位於最好的樓層（八樓），房間長十二英尺，寬十英尺（不到三坪半），比標準的十乘八多了半倍空間。**亞裔青年**和**亞裔美女領檯員**都有收入，兩人過著尚屬舒適的生活，但「舒適」離好日子仍有十萬八千里。幸好，他們餐餐多半有魚可吃，每星期吃一次肉，也不必像樓下許多居民不得不買碎米充飢。

晚間，他們一同下樓，在餐廳裡上夜班，桃樂蒂在前面接待客人，吳明晨在後台工作。剛上任時，她被審視，被打量，獲讚賞，受評估，挨捏，被伸狼爪，屁股挨拍，最不堪的是被愛撫。伸手愛撫的人自認紳士，作著桃樂蒂會以愛意回敬的春夢，以為她會假害臊，或故作端莊，甚至嬌嗔一頓，會善盡這角色的本分。這些紳士不同於魔爪襲胸臀一兩秒的那型，他們夢想著自己能包養她的一天，盼望在小公寓裡築愛巢，不時能造訪他們的搪瓷娃娃。

這一切，吳明晨全看在眼裡，咬牙不敢出聲。他的故事還沒發展到武師的階段，不能靠迅雷左腳踹倒這群癟三，無法捍衛她。吳明晨費了莫大的自制力，桃樂蒂也無時無刻稱讚他忍辱負重，不齊心合力無法生存。亞裔美女領檯員的角色能養家存活，他明白這一點，但這一點也令他更難受。在此地，在金宮，桃樂蒂近乎明星等級，打在她身上的燈光恰如其分，能強調旗袍貼腰臀的曲線。她的本錢就在這裡，唯有這一點才有價值，具養眼效果。她在生意人和幫派老大的交涉過程中陪襯，在見不得人的黑幫場景當花瓶。有時候，她活過這一幕；在許多夜裡，她香消玉殞，或許是被鴉片毒死，也可能因男友不甘被甩而殺人洩恨，或被槍戰波及。

有時候，她有機會在死前表演哭戲。這時吳明晨會放下手邊工作，站在背景裡看她表演，看著大家全在看她，目不轉睛。他因而知道，她注定有前途。她哭一哭，嚥下最後一口氣，然後和吳明晨回樓上洗澡，合吃一碗麵，撒些菜脯，慶祝一下。

休假日，他們會出門，進入外景唐人街，走幾步就到佈景終點的街尾。他們覺得不夠遠。他們想出去呼吸新鮮空氣，想瞧一瞧真正的天色，想聽一聽原聲帶之外的天籟。

桃樂蒂喜歡穿聚酯纖維喇叭褲，小花上衣的尖領長而平。她用髮帶攏住黑如深夜的頭髮。她嘗試不同造型，美國婦女的造型，仗著白皙的肌膚輕輕攻進主流，獲得女人勉為其難的讚美，贏得男人大剌剌直打秋波。

她不太常被罵清客，不過她講英文有時語焉不詳，也有些人聽得懂卻裝沒聽懂。

吳明晨難以融入大環境。他穿的長褲太短了，多露兩、三公分。短袖襯衫套在骨瘦的身形上，顯得太大太寬鬆。小倆口合喝一瓶可口可樂，如同桃樂蒂小時候全家喝一瓶，她喝太多了，肚子疼，他會牽起小手，幫她輕揉肚子。

吳明晨轉向桃樂蒂，定住。

怎麼了？

我們總有一天會從這裡搬走。

這一夜快天亮時，吳明晨的目光變了，桃樂蒂在他臉上從未見過這神情，也從未在別人臉上見過。她心驚驚，但她終於愛上他也是在這一刻。

吳明晨：我們就是這樣認識，談起戀愛。

桃樂蒂：在這個地方？這裡怎麼適合談情說愛？這裡是警察找到屍體的地方。在這裡，日與夜是同一回事，我們連自己明天能扮演什麼都不清楚。在這種地方，我們怎麼寫愛情故事？

吳明晨：有道理。客觀環境由不得我們選擇，我們只好找到機會就談戀愛，見空檔就愛。在工作的空檔，在兩個場景之間的空檔。不是愛情故事，而是我倆的故事。

他們在餐廳裡隨意就結婚了，有一小群服務生、伙夫、小弟觀禮。算他們運氣好，今天有兩隻石蟹被顧客退菜，也有一桌幾乎沒吃龍蝦就走，他們善用蝦蟹的每個部位，打幾個蛋，炒成海鮮飯，再剁碎一塊肉下麵。有人開收音機。大家扒飯吃麵，跳著舞，快熱死了，戲服濕透了，但今晚沒人在乎。

在扭腰擺臀的眾人之間，吳明晨拉起桃樂蒂的小手，輕輕握住，細聲對她說：「不是一則愛情故事，不是我們的故事，只是我倆在一起，知足惜福。」她吻他，大家歡呼。幾大瓶青島啤酒送上來，氣氛正夯，孰料老闆回廚房，叫所有人重返崗位，大家才想起置身何處，自己是誰。桃樂蒂和吳明晨花了一點時間調整心態和儀容，頂著沉甸甸的頭，拖著笨重的四肢，挺著飽滿的肚子，懷著滿心展望，拾起亞裔戲服，穿回身上。

平凡亞裔兒童

接著，你進入場景中，名叫寶寶威利斯，一個小毛頭功夫男孩。剎那間，一切明朗了。所有背景花絮，所有生活點滴，以及充滿路人甲乙丙和沒台詞臨演的場景，全都變得有點合理，全演變到寶寶降生的這橋段。一個親子家庭。從醫院抱你回家後，一切加速進展。所有大大小小里程碑以集錦呈現，記錄你踏出第一步、講第一個字、第一次睡整晚不吵鬧。有小孩的家庭中，如果萬事如意的話，有幾年的光景，雙親不再孤單。他們撫養著專屬自己的小孩，而小孩將來能伴他們闖天下，感覺比較不孤獨。在那幾年間，他們比較不孤單。畫面亂得目不暇給，忙得不可開交，吵死人，累死人，心情和思緒全糊成以「日」、「學期」為單位的麵糰，摻雜著例行事務和各種「第一次」，連滾帶爬前進，走得漫無條理，夏夜窗戶全開，壓著被子睡，日出愈拖愈晚的秋晨，人人都想賴床，沒人想一日之計在於晨。有些事愈做愈得心應手，有贏有輸，有些日子兩人事事受挫，然後，混沌逐漸成常態，連番拉警報和出洋相不再形同亂象，撕下的月曆和年曆參差不齊亂堆，卻也初露一些章法，亂中有溫馨，就在這時候，「第一次」漸漸蛻變為

「最後一次」，最後一次開學日，最後一次爬上床跟爸媽同睡，最後一次親子三人像這樣。人生大事幾乎全擠在那幾年刻入記憶中，足供往後幾十年回味無窮。

平凡亞裔家庭

這些事，你全做了，使盡渾身解數想成為美國人。看電視節目，聽錄音帶學美語，矯正口音，穿著得體，頭髮梳理整齊，學高爾夫，甚至鼓勵全家在家講美語。你照要求全做了，做的比要求還多。

你的父母親，他們工作，討好陌生人，在各式各樣的扮相中迷失了。他們把台詞唸好，符合標準，選一個打光較像樣的位子站。

你躲在背景，旁觀著。

夜裡，你的母親穿上戲服。

夜裡，你的父親鑽研武術。

他們哭，他們死，他們得過且過。

最後，過了幾年，他練得爐火純青。有一天，他脫胎成為龍虎武師。

他爭取到師父的角色。各方人馬搶著要他。

你煎了一塊牛排，慶祝一番，三人吃得開開心心，嚼著油膩的肉，配兩公升裝的可樂喝。舉杯慶祝出頭天，不再像其他人。你的父母規劃著，想遷出散房公寓。一切都稱心如意，直到後來生變。

後來，你父親發現，儘管進帳變多，儘管頭銜響亮，儘管在節目裡地位水漲船高，他依然是他，傅滿洲，黃種人。一切都變了，一切都沒變。

對對對，你的功夫棒得沒話說。無懈可擊，矯捷俐落，符合柏拉圖式理想，是武術界第一把交椅。可是，唉，真不好意思，想要求你一件事——你能繼續再操口音嗎？

他被要求戴上傻不拉機的帽子，炒什錦雜碎，騰空把蔬菜踢成千百片，所到之處，鑼聲跟著響起。

他聽到讚美：你是傳奇大師。

日後的發展如何，你心知肚明，可惜太遲了。一切不在你掌握之中，他也無法掌握。

你的母親哭了，死了。先哭後死，或只哭沒死，或只演哭戲。因為現在，你父親不再是人了，不再是人類，只是一股神祕的東方原力，一個**乾癟中國佬**。她的丈夫走了，吳明晨走了，連**亞裔男青年**也走了。被劇組從她懷裡奪走了。現在，他迷失在工作中，迷失在劇組叫他演的角色裡。疏離，冷漠，完美主義者，莫測高深。不帶描述用語，再也用不著了，不必註明年齡或身材，只是一個角色，一個名字，一個他住過的空殼。他的五官被切除，以模子取代，連臉孔都枯槁了。

如此，他成了師父。如此，她失去了丈夫。如此，你失去了爸爸。

他在家裡進進出出，三更半夜吵醒你和媽媽，為大小事發牢騷，對你訴說他的心願大計，說他總有一天會讓他們有好戲看。他為兒子勾勒出一份願景，期許新天地裡的孩子能以生長在這家庭為榮。這舉動先是久久一次定期出現，後來偶一為之，最後不再來。你從唇邊兒口中得知他的近況，聽見關於他的傳聞：他變得貪杯，道具被他打壞了。他被安排在史詩大劇裡，一連好幾天不見人影，只聽見鼓聲隆隆，弦樂錚錚催，鑼聲不斷，每次每場都有鑼聲。鏡頭推向他眼睛，死氣沉沉的雙眼，被劇組依劇情需要而改造，被形塑成他天生注定的角色——一個戲酬實惠的李小龍。在唐人街，你在這種氣候中長大，爸爸不再是爸爸。夜裡你聽見爸媽討論如何掙脫現狀，夢想要掙脫，喟嘆著永遠無法掙脫。

亞裔男青年：怎麼一回事？他們對我們動了什麼手腳？我們被牢牢栓住了。

亞裔女青年：也可能是，我們把自己綁死了。

亞裔男青年：我們本來就這樣嗎？本來不是有更高遠的理想？

亞裔女青年：本來有啊，以後也可能有。

你聽見他們的深夜對話，心想：總有一天我要掙脫出去。

外景　餐廳後巷　現在

吸第一口最爽。吸到第二口，你才想到自己討厭抽菸。你伸長手，菸舉向大老遠，看著寂寞的白煙裊裊升空近十公尺高，飄向廣告看板：

邁爾斯・藤納×莎拉・葛林
黑與白

兩張完美的大臉高高在上，瞅著你。

即使在看板上，打在他們臉上的燈光仍然恰到好處。無論他們到哪裡，這一對總在他們應該站的地方，現實的中心總是白與黑，總是黑與白。即使上了看板，兩人之間的暗潮仍澎湃，令人招架不住，曖昧的重心落在兩人鼻尖線的中間點。兩位主角面對面，側對著鏡頭。他們的嘴唇也太豐潤了吧？是天生的嗎？不可能吧。你用拇指和食指捏捏自己，看嘴唇有幾兩肉。人的嘴唇怎麼能長成那樣？看起來像隨時都在索吻，分分秒秒處於豐潤的狀態，富彈性，嘛俏而堅挺。

那兩個是嘴唇好性感的性感警察。你但願自己的臉多一點——多一點……什麼來著，你不清楚是什麼。也許不是多一點吧。少一點，少一點平坦，少一點細緻。多一份粗獷，腮幫子線條能再明顯一些。這張臉感覺像面具，怎麼戴都不太合適，常冷不防提醒你，常在你灌了兩到四杯黃湯之後告訴你，你是亞裔。你是亞裔！有時你的腦袋會忘記，但緊接著，你的臉會提醒你。

有人推開門，嚇你一跳。是她，凱倫・李。

「不會吧，嚇成這樣？」她說：「死的日子好不好過？」

「妳是在跟我講話嗎？」你問她。

她左右看一看，像在說，不然跟誰？

「抱歉。我不常遇到……呃，妳這一型的女人跟我這一……」

「我這一型的女人？」

「對象選擇多的女人。」

她呵呵笑起來，端詳你片刻。「你不是真的在抽菸吧？」

你看看手上的香菸。「對。」

「那你幹嘛拿著菸？」

「我不知道。大概能搭配這身衣服吧，我猜。」你扔掉香菸，用鞋子踩扁。

「嗯。你最近怎樣？」

嘩，你暗忖著。她是在尋你開心嗎？她是在尋你開心，包準是在尋你開心。她這一型的女人，才不會看上一個已死、火候還不夠的功夫明星。一個平凡亞裔男。你該記得的就是這一點。是啊，她這一型的女人是會跟你搭訕，和你交交朋友。不過，在內心深處，她才不會對你想入非非——

「喂，威爾，靈魂出竅了嗎？迷失在內心戲了嗎？」

「對不起，大概是吧。」

「天氣不錯嘛，對不對？」

「對。」

「你是哪裡人？」

「本地人，唐人街。妳呢？」

她對著你眨眨眼，差點又把你整死了。「你以為我是哪裡人呢？」她問。

「要我猜一猜嗎？」

「我想聽聽我給你的印象。」

「好吧。」你說：「我想一下哦：妳在中西部念過高級或頂級的文學院。不對，應該是在東岸。妳會騎馬，會開手排車，會拿筷子。妳留學過一學期，在大阪，沒錯吧？有可能是京都。成績還不錯。要是美夢成泡影，妳還有個會計學位能退守。」

「目前為止，猜得滿準的嘛，只不過我不是去大阪，而是台北，主修是歷史，不是會計，不過我四年都拿院長獎。至於美夢嘛，老實說，我還不確定自己的夢想是什麼，可能是念研究所吧，所以，要是沒像你說的美夢成真，我不至於會傷心透頂吧。」

「本來就是嘛，凱倫，對妳來說，不管夢想有沒有成真，妳都活得下去。漂亮女孩永遠不怕沒人要。事情就這麼簡單。以妳這一型，路怎麼走都吃得開。白種人十之八九吃得開，差不多古今都是。咦，妳不是學歷史的嗎？」

「我又不是白人。」

「有點白，夠接近了。」

「是啦，所以我才扮演混血女子甲。」

「是有幾分道理啦。嗯，那……妳是什麼種？」

「我是什麼種？很敢問喔，威利斯。」

「妳懂我意思啦。『李』嘛，像是李莎拉[4]，或者是南北戰爭的白人李將軍。妳呢？真的姓李嗎？木子李的李？」

「對，我祖父是台中人。祖母過世以後，他移民來美國投靠我們。」

「妳是四分之一個台灣人？」

「硬要量化的話，是的。」

「哇。我講不出話了，只能『哇』。」

「不然你以為我是什麼種族？」

「不清楚。我以為妳大概有一部分中南美血統吧？也可能剛從夏威夷度假回來，曬成黑珍珠。妳會不會講台語？」

「會曉講。」

「聽妳的音就知道妳的台語比我好多了。」

「你需要想一下嗎？」

---

4 Sara Lee，創辦人 Charles Lubin 以女兒首名加次名做為公司名，中文以「莎莉公司」稱之。

「對我來說這好難懂。」

「你覺得難懂，那麼，想想我的感受吧。」

「妳嘛，人生好像一帆風順啊。」

「我相信看起來是這樣。」

「妳像一隻神奇獸，一隻變色龍。」

「能順客觀情境要求，暢行無阻。」她說：「有的猜我是巴西裔，有的猜菲律賓、地中海、歐亞混血，每一種都被猜過。不然就猜我是曬得太黑的白人，眼珠子充滿異國風情。大家都想把我列入他們那一族。」

「感覺一定很棒吧。」

「對啊，嗯，可以被所有種族的男人視為對象。」

「可是，妳自己不也說，妳能暢行無阻。」

「血統能單一，日子好像比較好過。」

「我就是單一。**亞裔男**一個，別無其他稱號。相信我，妳的命一定比我好。」

「噢，苦命啊，我是個無助的**亞裔男**，哭哭。做我這種人，命運太慘了。」

「我講話還得加口音，不然大家不曉得該怎麼對待我。我有當代美國人的意識，頂著一張五千年前中國莊稼漢的臉孔。亞裔男。沒人喜歡我們。事實就是事實，不信妳查查看。」

「態度那樣，難怪沒人愛。喔，對了，我覺得我可能對你有好感。也許吧。有一點點。」

啊，什麼？

為平凡亞裔男而寫的愛情故事?!

不可能。

為平凡亞裔男而寫的愛情故事?!

來真的嗎？

為平凡亞裔男而寫的愛情故事?!

對你這一型而言，這情況很罕見，但是，假使你運氣好，一生或許能僥倖遇到一則好的故事。好好把握吧。

愛情故事

你和凱倫，佈景搭好了，各就各位。她是觀光客，你是送貨員。你忍不住一直看她。

開始「談情說愛」片段

凱倫：喔。

已經開麥拉了嗎？

基本特約：基於不明因素，她對你有好感。

凱倫：大概開麥拉了。為什麼是「不明因素」？

基本特約：因為，看看妳這一型。看看我這德性。

凱倫：我們幹嘛來這一套？

「對不起。」你說：「積習難改。」

「我可不想練習跟人約會，威爾。我想實實在在的約會。」

「怎麼實在法？」

「你不懂怎麼約會嗎？」

「是不太懂。」你說，頭低低的。

「噢，噢！我還以為你是在開玩笑。」她發現你講的是真心話。「不如我們從喝咖啡開始吧？」

「咖啡，我喜歡。」

你一邊喝咖啡，一邊對她發問。她有什麼期待，畏懼什麼？五年後有什麼願望？她嫌這些問題不好。她說，這是去律師事務所面試才有的問題，哪有人約會問這些？你說，對對對，講得像你自己知道，然後啞口片刻，惹得她哈哈笑起來，你窘得臉紅，好想奪咖啡廳門而出，但還是跟著她嘲笑自己，感覺好痛快。能像這樣不知所措，講不出話。能像這樣對坐著，對方剛伸手過來握住你的手，用力握一握，馬上鬆手收回，接著，場景轉換成「外景　木板步道　夜晚」，你和她在月光下散步，她說，欸，為什麼帶我來這裡？你說，在水邊的月光下散步應該是個浪漫的活動，她說，這哪算？這是一個概念，一個平凡的浪漫場景，你聽了說，就是說嘛，不然我這個**平凡亞裔男**不就玩假的了嗎？笑一笑，自嘲一番，這一次輕鬆多了，她也跟著呵呵笑。這一次不是她逗你笑，換你逗她笑，感覺很不錯，能逗到對方笑出來。你這麼告訴她。她說，她向來覺得你很幽默。以前在片場，她看過你在背景，老是在耍嘴皮子，對著蔡肥佬或別人講悄悄話，壓低嗓音開個小玩笑，假裝你只是想來餐廳領一客炒飯綜合餐外送，卻意外目睹幾件謀殺案。你也糗《**黑與白**》說，這劇的中心思想其實是，吃太多中華料理的危險性多高。

在片場，妳真的注意過我？你想問她卻無法啟齒。你把這事實存進記憶庫——在你們邂逅之前，凱倫・李就已經意識到你的存在。你在燈光外圍，站在背景，連你自己都看不見自己，竟被她相中。這事實改變了全貌。現在，你來到**內景唐人街**，和她合吃一碗紅豆煉乳剉冰，你問她的身世，得知她有四個弟弟，老么還在讀國中，爸爸在她十四歲那年往生，母親再嫁。你喜歡看她，真的能在她臉上看出幾個你眼熟的民族性情，看見一張唐人街的面貌，而你也看出一些你認不出的東西，既不同又熟悉，既窩心又新穎，比例剛剛好。這不僅止於她的談吐，不只是語調和講話節奏，連思想也是，連她的世界觀也是，視角是從背景，從邊陲。就算她的外型將來足以當上女主角，她很明顯仍有從臨時演員演起的務實態度。她懂得照顧別人，照顧弟弟和母親，你開始想像你能怎麼照顧她，照顧這位總是照顧別人的她。她有自覺心，卻不至於過度在意他人眼光，令你欣賞。你也欣賞她說話算話，言行一致。你從小想當**功夫明星**，想脫殼蠶變，而現在，你遇到一個一路走來始終如一的她。

你們再喝咖啡，再吃冰涼的甜點。聊天。穿插幾個吻。再聊天。玩玩遊戲。玩二選一遊戲。你寧願扮演沒台詞的**亞裔帥男屍**，或是對白傻不拉嘰的**東方笨蛋**？你和她變聲，化為你們演過的角色，列舉你們講過最蠢的台詞。再喝茶，再吃油炸食品，嚼食著插在竹籤上的東西，說笑著那些蠢角色。你想對她傾訴你的心情。你暗中打好草稿，想像自己含情脈脈的側影。她注意到你在打草稿。

「威爾？你在幹什麼？」

「跟妳談戀愛。」

「才怪，你快墜入愛河了才對。」

「一樣啊。」

「不一樣。」她說：「墜入愛河是一個故事。」

她說，說愛情故事是一個人做的事。談戀愛要兩個人一起，才談得起來。把她捧上天，等於一個人孤單，只是形式不同。

你不想煞風景，她也沒讓你煞風景，進展順利。會一直順利下去，順利到某個階段通常會卡關，情況會開始走下坡。結果走到了那階段，卻沒遇到障礙。

凱倫看見你在跟你母親講話。她走過去，面帶微笑，內心緊張，神情溫婉。一股情緒在你心中抬頭，上升到你嘴裡，有金屬味，像恐懼的味道。凱倫和亞裔老婦見了面，聊著天——你無法想像。你無法想像，所以不能坐視這狀況發生。怎麼攔阻這狀況？一逃了之嗎？衝過去撞倒她嗎？撞翻老媽？你多慮了。沒必要。你只做了一個小動作，微微偏個頭就行。

「喔。」她說：「你不想帶我去跟你媽認識。」

「我想啊，只不過，」你說：「她不好——」

「沒關係，威爾。我瞭解。」她確實瞭解。凱倫不會讓你煞風景，她明白你在煩惱什麼，她會等到你能放心介紹雙方的那一天。

你介紹她們認識時，母親話不多，笑臉熱情，跟凱倫握手，對凱倫講幾句台灣話，凱倫回應了。也講台語。凱倫講了一句話，跟你有關，你不完全懂，你媽聽了爆笑，兩個女人轉頭，微笑看著你怎麼搞的？照常理，情況不會這樣才對吧。進行到這裡，走勢應該急轉直下，沒想到現在竟然扶搖直上。

接著，你的死亡期結束了。

「談情說愛」片段結束

《黑與白》復工通知　死亡期滿

致：威利斯．吳

特此證實貴端死亡期強制四十五日停工期滿，即日起可復工。請注意，回歸者需認可並同意死前之累積福利等所有權益，不准與先前之角色有任何牽連。

——選角組

你告訴凱倫這消息，應該是好消息吧。你能重返片場，企圖心更高，約會能花的錢也比較多。為將來儲蓄。你們一起喝啤酒吃麵慶祝。

你又能上工了。演的是同樣的狗屁角色，但現在你多了一份自信。現在，你有了凱倫。你的表現開始進步。依然是接微不足道的角色，不過，漸漸比微不足道稍微多一些了。

你再度爬梯上去。

平凡亞裔男三、二、一。

凱倫的演藝生涯也繼續攀升，幅度比你更大也更快。你不因此自卑。你為她高興都來不及了。真的。你知道她前途注定比你光明。以你的身分，女伴比你得志是天經地義的事。凱倫能接的角色比較多。不能拿她跟自己相提並論。你對這差異一點也不感冒。

你和她見面的日子愈來愈少。一星期兩次變一次，變成每兩週一次。你和她交談，卻怎麼也聊不起勁。

「嗨。」

「嗨。」

「你最近去哪裡了？」

「片場。」

「喔。」

「常去。」

「沒有機會休假嗎？」

「我不專心為前途打拚不行。」

的確是。凱倫也支持你。有她打氣，你的自信再多添幾分，連帶促成更多角色可接，工作多，自信再跟著提高。不再演平凡的某某人了。現在你又站上基本特約的層級。你比較特別。不管是誰決定找你演，總之他們有慧眼。聽他們說，你現在有一份難以捉摸的特質。基本特約，基本特約，基本特約，轉眼間，你就演到固定班底的配角了，有固定的亮相機會。你蓄勢待發，好運降至。你有預感。然後，被你等到了，導演約見你。

導演告訴你：等了這麼多年。你從小等到今天。你的夢想是什麼？導演告訴你，時機就快來了，近在眼前，你只要加緊努力就行，指日可待。

你聽了不敢相信。功夫明星，指日可待。

你打算在晚餐時對凱倫宣佈好消息。沒想到，她先報給你另一個消息：一個寶寶。

「一個什麼？」你說。

「一個寶寶啊。聽過嗎？那種小兔崽子啊。你怎麼沒有很高興的樣子？」

「我當然高興，」你說：「只不過，我，呃，這跟我目前的生涯規劃不太合。我現在是基本特約，戲路從來沒有這麼順過。可是，以我現在賺的錢，還是不夠養小孩。」

「告訴你一則快訊：我賺滿多的。」

「對，我知道。」

「口氣怎麼這樣？看你這態度，我們改天再聊好了，現在我只想問，威利斯，你幹嘛潑我冷水？」

「唉，天啊。」你說。你確實是對著她的頭澆了一桶冰水。大白癡一個。「我真的很對不起。」你吻凱倫的臉，吻頸，再吻臉，緊緊抱著她，卻又擔心抱太緊。你掏出薪資袋，抽出裡面的十元和二十元鈔票，綑成厚厚一疊，買顆小戒指，單腿下跪，向她求婚。她接受了。

你們去法院公證結婚。你下了決心：投身片場賣命。她自言自語問，將來一家三口會住哪裡，唐人街嗎？散房公寓？

過了一個月。兩個月。懷孕前三個月。再過三個月。最後三個月。然後：

你們升格為爸媽了。

你把女兒抱在懷裡。她望著你，你知道她來自異地，來自一個超出你理解範圍的遠方，而你的理解範圍是個狹小封閉的空間，包在你的笨腦袋裡，你一直住在裡面。你知道，她是個外星人，從另一個行星飛來拯救你。一個來自遙遠異邦的生物。她看你一眼，你就明白她懂你的心，就明白她比你對自己多一份前所未有的認識。你才升格成父親大約十秒，就確知自己再也回不到從前。

你和凱倫為她取名為菲比。

凱倫和菲比和你，住在散房公寓。你想著，這裡不是養育小孩的好地方。但在你發達之前，你們只能暫且將就。兩大一小，住八樓擠一間。小而溫馨。噪音多，全公寓的聲響從天井向上傳遞。被烤熱的垃圾味隨熱氣往上一波波飄送。寶寶整晚哭不停，樓上鄰居敲你天花板，樓下鄰居敲你地板抗議。你演警匪劇。擔任特定**族裔配角**。工時加長了，薪水袋也跟著發福。成功近在眼前，又只差一步了。和先前一樣，站上這等級好一陣子了。

有一天晚上，你回到家，見凱倫正出聲音哄小孩。交班時刻到了，她把寶寶塞給你，準備赴她的片場。

「我有個大消息。」她說著轉身背對你，換衣服準備上班。她比平常緊張，你從她語調聽得出來。

「好，」你說：「說來聽聽。」為何措辭如此，你自己也不清楚。一語就踏出錯誤的第一步。凱倫知道場面勢必變得很僵，而你也隱約有同感。

「我有自己的戲可演了。」她說：「角色很吃重。我飾演一個年輕媽媽。」她總算如願擔任要角了。她講得上氣不接下氣，話語一股腦從嘴裡傾洩而出，說著責任多重大，角色多重要，是劇情的中樞核心。她難以自抑。

「劇裡也有你的角色。」她說：「我們可以從散房搬出去，開創新生活。」你臉皮微笑著，笑得僵，輕輕搖晃著寶寶，看著女兒的小臉蛋。

「威利斯，」她說：「你覺得怎樣？」

「很好。很好。」

「我知道很好，可是聽你的口氣，我覺得你口是心非。」

「很好。」

「被你搞糊塗了。你不也追求這樣嗎？不也想搬走？」

「對。我，呃，對。」

「跟你的構想不太一樣，對不對？你本來以為，賺大錢主張搬家的人是你。」

「凱倫，我是真的就快成功了。」

「你停留在『就快』好一陣子了。」

「妳對我沒信心。」

「我對你很有信心啊，所以才再也看不下去。」

「妳覺得我不夠格。」

「你當然夠格，前一陣子就夠格了。只不過，你真的以為他們會答應你嗎？今天，他們對你說明天答應。明天，他們改說後天。我只是不希望你被套牢，像你父親那樣。」

「套牢？妳很瞭解我爸？想當年他多風光，妳根本沒概念。妳沒資格在我面前批評我爸，也沒資格談論套牢。」

「對不起。我只是想說——」

「說妳全是為了這個家著想。現階段，我不能說走就走。為了再上一層樓，我費了太多心血。一旦成功了，我可以養妳，可以養孩子。」

「我們不需要你養家呀。我也可以養家。你剛沒聽見嗎？我有我自己的戲可演了，我們兩個可以聯手演出。」

「妳不懂啦，我不想演妳的戲。」

「你嫉妒我。因為我比你——」

「講出來啊，『比你強』。妳錯了，凱倫，我怎麼想都跟妳的決定沒關係。關鍵在於我個人，因為我想當功夫明星。」

「沒搞錯吧？多少年了，你到現在還想當功夫明星？」

「這話什麼意思？當然想啊。功夫明星是我夢寐以求的角色，是適合我這種人的角色。我當然到現在還想。」

「威利斯，這世界大得很啊，值得追求的角色多的是，無窮無盡。」

「多是多，恐怕就不適合我。我跟妳道歉行不行？對不起，還不到我放棄的時候。」

「怎樣？你要講什麼？你不想再待在這個家裡？」

「我想，我真的想，凱倫。我們可以想想辦法維持這個家。我說過，我奮鬥這麼久了，眼看就快爭取到最理想的角色了。只要我一爭取到，情況馬上會轉變。我會去妳的戲軋一腳，不過我自己的戲也要演。我只是不達成目標不行。」

「我的戲場景設在郊區。不是近郊，離華埠很遠。夫妻相隔兩地對孩子不好，威利斯。」

「一小陣子而已嘛，幾個禮拜，大概兩、三個月吧。」

「兩、三個月？」

「頂多。」

就這樣，她走了。你繼續工作，幾星期變成了兩、三個月，再多了好幾個月。好幾個月變成了一年。愈演愈久。揮之不去的那幢陰霾。凱倫說的有道理。也許你也一直都懂這道理。打仔當不成了，你應該趁現在換跑道。

一線曙光，你窺見唐人街以外的人生。結果，適逢你首度慎重考慮出去闖天下的那一刻，說巧不巧，電話響了，導演來電說出你畢生等候的一句話。

「恭喜。你當上了：**功夫明星**。」

凱倫已不在身邊，無法報好消息給她聽。你隻身一人。已爭取到心目中的角色了，不是嗎？或者，角色是他們賞給你的，是你以為自己想要的角色。一生難得一次的角色是你永遠捨不得推辭的角色。凱倫說的對：你被套牢了。成功正是圈套。形式不同，照樣是圈套。因為你仍受困在一齣苦無角色可演的戲裡。

內景　金宮中式餐館

你站在任君取用的美食餐桌前面，滿滿一大桌山珍海味，任你吃個夠。沒人管，但你不想自曝難看的吃相。一不留神就會出醜。琳瑯滿目的菜餚應有盡有：切成三角形或方形的一口三明治、烤牛肉、煙燻火雞、給素食者或假素食者吃的小黃瓜番茄沙拉、堆積如山的咖哩雞沙拉、鮮蝦沙拉、龍蒿義大利麵沙拉，有棍狀的各色佳餚：棍狀紅蘿蔔、棍狀芹菜、棍狀櫛瓜，也有切成小塊的起司（顏色分三種，只不過，講良心話，你覺得滋味都差不多）。甜點更是不在話下，有堆成金字塔的布朗尼和布朗迪，有小巧玲瓏的紅絲絨杯子蛋糕，更少不了上述每一種的素食版。和人臉一般大的肉桂甜餅。糖果、口香糖、薄荷糖、咖啡、茶、汽水。有些日子，工時延宕太長，他們會另外擺出驚喜美食：韓式塔可，夾著韓式烤肉和泡菜沙拉。手工冰淇淋三明治。你站在美食前，拿紙巾包住油油的冷肉切片，包住西式肉丸，偷偷塞進功夫褲的口袋，等收工回家再吃。你暫停動作，反省目前的舉止。依然扮演著別人賞給你、專為亞裔男而寫的角色。你茅塞頓開：走錯路了。今生最離譜的一條路。慘了。捅出一個大婁子了。非調頭去把家人找回來不可。怎麼從這裡逃出去呢？總不能走前門吧，你從後門溜出去。

外景　巷子

你仰頭看著廣告看板。《黑與白》。不能再演這齣戲了。他們的車子停在那邊，想逃的你能駕這輛車落跑。你撬開門鎖，以電線短路賤招發動引擎，上路。踩油門離開，你聽到警笛聲從背後傳來。你加速甩脫追兵。

白天，當地華人兒童也穿農裝，以增添氣氛，入夜後才換回平日的西式服飾。

——徐靈鳳

每當……外人撞見不該看的表演時……表演者會一時不知如何是好，在虛虛實實的兩個次元之間游移不定。

——厄文·高夫曼

第五幕
功夫爸爸

內景　兒童臥室　早晨

清脆悅耳、快節奏的音樂，音符雀躍著！

兒童合唱團：我們起床了，起床了，我們好快樂。

菲比．吳在床上坐起來，伸展雙臂，打哈欠的小嘴張大成O形。

兒童合唱團：（接續）早起精神好，菲比．吳！

內景　浴室　白天　頃刻後

菲比穿好衣服，刷完牙，跟著歌聲唱。

內景　廚房　早晨　稍後

菲比邊唱邊走進廚房。

菲比：（唱歌）謝謝妹妹！

兒童合唱團：（和聲）謝謝妹妹！

菲比：（說中文）不用謝！

背包上肩，菲比和一群小朋友排成一直線，身高一致，頭大身體小，隨著節奏點著頭。

他們是兒童合唱團。菲比加入他們齊步走，一同上校車，點著頭，一起上學去——

兒童合唱團：謝謝妹妹！謝謝妹妹！

卡通節目一齣，算是吧。

卡通佈景的素人節目，主角是個華裔小女孩，名叫妹妹，劇情是她在新國度遇到的鮮事。

這國家在地理上自成一格，邏輯上卻說不通，融合了中國宮廷和舊日台灣村落（在強權殖民之前！）等特點，以及辦消費者座談會測試過、修圖美化過、渾然奇幻的美國郊區風格。地段、地段、地段，三大要件兼具，組合成完美理想的綜合體，平面化，全世界以兒童著色地圖集呈現，色系以紅黃藍三原色為主，傢俱全無尖角，地圖線條柔順，模糊掉國界和大自然屏障，是藉由樂天派健忘症患者嘴巴重述的一篇亙古故事，主題環繞著移民、文化適應、同化。

妹妹能在這些地域來去自如，踏進門口、去另一間就能換個環境。顯然，空間和時間在新國度裡的展延性特別高。妹妹在這裡生活，認識新的地名和食品名稱，學習問句（「洗手間在哪裡？」、「南瓜多少錢？」），學習怎麼問路（「左轉去派出所，右轉去銀行」）。

多數場合，陌生人態度友善。怎可能不友善？看看妹妹粉嫩的臉頰，看看她學齡前兒童的真性情，對於五歲幼童而言算早熟，卻仍夠天真無邪，穿短袖小花絲質上衣上學不會被取笑，同學倒比較可能迴避她帶的便當。阿公幫她添加的豆豉被同學嫌臭。

「謝謝妹妹。」你唱著。

「謝謝妹妹。」其他小孩唱著。

內景　菲比的臥室　白天

菲比開門，看見你站在門口。

菲比：爹地！

功夫爸爸：菲比。

菲比：好久沒看到你了。

功夫爸爸：我知道。對不起。

菲比：我問過媽為什麼不能去找你，她說你太忙了。

功夫爸爸：我好想妳。（四下看看）這房間跟我想像的差別好大。

她飛撲向你，抱一抱。

功夫爸爸：喔。妳變重了。（停頓後說）這幾年怎麼長得這麼快？

凱倫：（鏡頭外）你來了，很貼心嘛，威爾。

凱倫出現在窗外。

功夫爸爸：凱倫……哇，靠，妳氣色真好。真的好棒。

菲比：齁，爹地！你講了一個大人才准講的字！

兒童合唱團：（鏡頭外）他講了一個大人才准講的字！

功夫爸爸：對不起。（對兒童團）我不該講那個字的。

凱倫：道歉是應該的，威爾，只不過，講那樣，不管從哪一方面看都不雅。

菲比帶領合唱團單縱隊前進，準備進入下一幕。

功夫爸爸：（指菲比）她現在像個大人了，怎麼這麼快就長大了？

凱倫：生兒育女的戲裡時光總是飛逝。

功夫爸爸：害我腦筋一時轉不過來，我才剛發現自己的女兒這麼棒。

凱倫：我們都在學習。不過，你學得特別多。提到學習嘛……（對著兒童帶動唱）學習時間到了！

功夫爸爸：我不想唱歌。

凱倫：學習時間是一段很特別的時光，學習時間是——

功夫爸爸：不想唱，我是說真的。

凱倫：學習是一件很要緊的事，盡量跟上節拍就是了，見招拆招。

菲比：今天嘛，要學習什麼？

功夫爸爸：我……不知道。大概可以教妳幾招武術吧？

菲比哈哈笑起來，凱倫面露憂慮。

菲比：哈哈，爹地在耍寶，對不對？
凱倫：（無動於衷）確實是。一個愛耍寶的耍寶王。
菲比：我喜歡武術。可是，我們通常把體育留到「動一動身體」的時間！
凱倫：現在我們一起學唱兒歌，從歌詞和節奏認識寬容和包容的正面訊息！
兒童團：（鏡頭外）耶！
菲比：也認識文化、食物和字彙！
兒童團：（鏡頭外）耶！耶！耶！
功夫爸爸：問妳一件事。在這故事裡，我們是不是一對？
凱倫：不是，威爾。是你當初的抉擇。
菲比：離婚是人生常見的現象！
功夫爸爸：（對凱倫）兒童節目也不避諱提到離婚啊？
凱倫：你啊，該多看看兒童節目了。
菲比：我有兩個家長，兩人對我的愛一樣多。我不只一個家，現在有兩個家。
兒童團：（鏡頭外）大人有時會面臨抉擇的困難！
凱倫：我們該溝通一下了，私底下。

功夫爸爸：能去哪裡溝通？

內景　菲比國　成人溝通處

你從窗口探頭望一望，安全了。

凱倫：你消失那麼久了，也不通知一聲就來？

功夫爸爸：我好想妳。我指的是她，菲比。（指菲比國）怎麼會住這裡？

凱倫：是你自己說的，你不希望她在散房公寓裡長大。

功夫爸爸：可是，這種地方？

凱倫：你主動放棄了決定權。（停頓）我先走了，讓你有機會多多認識女兒。如果你想帶她出門去玩，一定要先幫她塗防曬油。

菲比悶悶叫苦。她一緊張，常會尖聲清一清嗓子，接近唧聲，通常連續兩聲，有時兩聲再兩聲，從不只發一聲，算是自我安撫法。你朝女兒那邊望去。

功夫爸爸：沒注意到妳已經來了，寶貝。
菲比：沒關係啦。
功夫爸爸：另外我想道歉，我是個，呃，爛爸爸。
菲比：沒事啦，你盡力了。
功夫爸爸：妳想不想玩什麼？
菲比：我們要撤退進城堡才行！

菲比一溜煙跑掉，把啜泣聲拋在腦後，拔腿飛奔大哭。

功夫爸爸：什麼城堡？

內景　城堡（亦即菲比的衣櫃）　白天

你追隨呢喃童音，登上一座塔樓，螺旋階梯愈上去愈窄，最後來到一道小門，用爬的才鑽得進去。

門沒關緊，你進去裡面，發現菲比的故事演到一半。

菲比：（喃喃自語）……然後我想開店，賣我自己做的東西。我會畫一本漫畫書賣給人家。然後，如果我做別的東西，我也會拿出來賣，一個賣一元或一百元。如果你沒錢，我可以賣你一分錢，你什麼時候付我都行，拿不出一分錢也沒關係，我就免費送，也可以送你一百元。爹地說他會幫我開店……

她停頓片刻，喘一口氣。

菲比：（接續）他正忙著上班，不過他很聰明，也長得高，等他週末休假，可以跟我一起佈置店面。我的店也賣絨毛動物娃娃，你買一隻，我們會把利潤捐給保護動物的單位，救救大象和犀牛，不讓壞人搶走象牙和犀牛角……

你旁觀她，猶如找到陳年信件，猶如翻出三十年來不曾想起的舊事物。你悟出感受之道，懂得如何忠於自我，而不是一味求表現或演戲，甚至領悟到如何活在當下。

你細看她的臥房：圖畫、髮圈、隨手記事。地上有一排排絨毛動物或生物靠牆站，宛如朝臣，有真實也有奇幻，品種似乎無所不包。她的好朋友，她的觀眾。她的內心戲旁白。她變得比較善於應變，稚氣卻也隨之增多一分，開創出一個別具特色的世界，角色和場景、人物和規則、真理和危機全裝在小小的臥房裡，擠爆了，空間需要擴充了。房間裡好亮，好亂。整個房間，裡面所有物體，全是她的。

功夫爸爸：全部都是妳做的。

菲比：（害羞）對。

功夫爸爸：妳怎麼做的？

菲比：哪一個？

功夫爸爸：城堡怎麼蓋的？怎麼開創一整個世界？

菲比：喔，就這樣子。

她用手邊的東西示範給你看。圓頭的兒童小剪刀。幾塊布料。膠水、膠帶、活頁夾、細線。她用紙條標示這世界裡的物品，每一件的名稱以工整的書寫體細心寫下，寫不下換到下一頁寫。

她歡手。她是個有想法的孩子。在這方面，她已經超越成年人的你。你已能預見自己上了年紀，換上老人裝，改演下一個角色，手腳笨拙，無緣和未來打照面，而她仍年輕，一分一秒漸漸遠離你。

菲比：蓋空中城堡嘛，其實很容易，往天上一直蓋就是了，像一座小梯子向上蓋，然後才開始在空中蓋城堡，然後把梯子拆掉，這樣，城堡就飄浮在空中了。

功夫爸爸：既然要拆，一開始蓋梯子做什麼？

菲比：爸！

功夫爸爸：不好意思。嫌我問題太笨嗎？

菲比：世上沒有笨問題。

兒童團：（鏡頭外）世上沒有笨問題！

功夫爸爸：謝了，寶貝。也謝謝那群我看不見的怪小孩。

菲比：蓋房子不能從空中蓋起。

功夫爸爸：對。當然。

菲比：要先和地面連結才行。所以，先搭一座橋通天，蓋好之後拆掉橋，房子不會掉下去。

功夫爸爸：合理，酷。

菲比：看，我在空中蓋了一個大臉，是一隻大豬豬的臉，頭大，臉也好大。

功夫爸爸：我喜歡。

菲比微笑起來，隨即皺眉頭。

菲比：好了，我玩夠了。我現在想畫畫。

功夫爸爸：我看妳畫。

菲比：我不想畫畫了，我只想跟你坐在一起。

功夫爸爸：也行。

從你嘴裡吐出的語調逐漸變輕柔，你能意識到，也能察覺到自己脫胎換骨。在《黑與白》的世界，你是個小蝦米，但在此時此地，在她的世界裡，你的戲份吃重。不是主角，而是更好的角色。是主角的爸爸。能進入她故事裡，算你走運。

內景　菲比的臥室　夜晚

事實是，她是個怪咖，一如從前的你，現在的你。一個怪得轟轟烈烈、怪到十全十美的怪咖。像所有小孩一樣，後來才忘記怎麼要怪才怪得出本性，忘了自己的嗜好，忘了純真的自我。後來才長了知識。後來才學習別人的言行舉止。後來才認知到自己是亞裔、黑人、棕色種人、白人。後來才體認到自己的屬性，體認到自己永世強求不到的屬性。

菲比：你想不想知道我怕什麼？

功夫爸爸：想。

菲比：我怕五個東西。

功夫爸爸：只有五個？

菲比：五個就很多了！

功夫爸爸：好，說來聽聽。

菲比：祕密通道。

功夫爸爸：第一個。

菲比：一覺醒來滿身汗。被巫婆吃掉。

功夫爸爸：第二個和第三個。

菲比：小石子飛進眼睛。

功夫爸爸：怕得好。

她停下來。

功夫爸爸：妳只提了四個。

菲比：我知道。

功夫爸爸：第五個是什麼？

菲比：我不想講。

功夫爸爸：為什麼不想？講嘛，我不會生氣的。

菲比：好吧。（停頓）怕爹地死翹翹。

功夫爸爸：妳用不著操心啊。我韌性很強的。

她面帶困惑看著爸爸。

菲比：每一個人都會死啊，爹地。人會一直活一直活，活到一百歲。你到了一百歲，然後就會死。

功夫爸爸：這說法我接受。

她似乎滿意了，暫時滿意。

菲比：可以講故事給我聽嗎？
功夫爸爸：我不知道怎麼講故事。從來沒人要求過我。
菲比：試試看，可以嗎？
功夫爸爸：好。我試試看。（深呼吸）從前有個小女孩，她是——

你停下來，不知該如何接下去。

這是故事中的關鍵點。

之後無論你怎麼說，無論你接著怎麼掰，能決定這故事的無數途徑，能像開鎖進入廳室無限多的宮殿似地開展故事走向，裡面也有許多走廊、樓梯、假牆、祕密通道。開頭一講錯，故事就有可能撞牆，甚至再多一道牆，故事的進展受阻，走向可能受到侷限。

你反覆斟酌用字，講不出話，壓力隨每萬分之一秒激增，你同時也得面對那張期待小臉蛋。下一個字快想出來了，你即將脫口而出，這時候，女兒轉向你說——

菲比：沒關係啦，爹地。

功夫爸爸：沒關係嗎？

菲比：對。我看得出你現在不想講故事。

功夫爸爸：不對不對，我想到一個故事了。我講給妳聽。

菲比：等一下！

她縮進棉被下，將棉被拉到頸部，緊緊蓋著，只露出一顆頭和一雙眨呀眨的大眼睛。你端詳著她的五官，看見酷似自己的些許特徵，但謝天謝地的是，她比較像凱倫。

功夫爸爸：準備好了沒？

菲比：準備好了！
功夫爸爸：這故事講的是一個男人。
菲比：這開頭不錯。
功夫爸爸：這個男人遇到一件怪事。
菲比：我也天天遇到怪事。昨天，我有兩個腳趾黏在一起，黏了一分鐘才分開。
功夫爸爸：怪事。
菲比：太怪了。
功夫爸爸：腳趾現在好了沒？
菲比：能張開了。
功夫爸爸：好在。
菲比：爸？
功夫爸爸：什麼事？
菲比：我好想睡。

隨即，合唱團開始輕輕吟唱，歌聲含糊，像在唱搖籃曲。她睡著了，你看著她片刻，輕撫她臉頰。夕陽沉入地平線下，你叫醒她下床漱洗換睡衣，跟隨著旋律的指引。你迫於形勢，當場學習身為人父的實務，臨機應變，不時向魔幻世界取經，向不認識的鄰居求援。怪了，鄰居幹嘛一臉批判的意味，幸好他們最後還是幫你忙。在這裡，你的武功一無是處。

你卻擁有這片天地。類似一場夢。她的臥房，她的床。她的院子。樓下沒餐館，也沒有警笛聲，沒有警察，沒有死屍。沒有垃圾飄散出的魚腥，沒有滿坑滿谷的發霉蔬果，沒有五種方言橫飛交錯的嘈雜，沒有濕臭的散房公寓天井讓人感官不勝負荷。這裡只有「菲比國」。這地方不見鬍碴滿臉、泛黃汗衫濕透的**平凡亞裔男**，不見**美女領檯員／妓女**，不見口吐異香、老人斑密佈的**亞裔老人**，聽不到他們絮叨不停回想當年的村子和苦日子，追憶他們流落異鄉的足跡。全沒有。這裡只有歌聲、鮮花，以及快節奏的叮叮噹噹和雀躍的音符。菲比住在這裡，沒有歷史，渾然不知前人走過什麼路，而你算老幾，憑什麼說這裡不是終點站？說這裡根本不算目的地？怎能說**華人鐵路工**、**鴉片館悍婦**、**和服女孩**、**打拚中的移民**、**榮譽亞裔死屍**和**功夫明星**沒為「謝謝妹妹」移山闢徑？怎能說先人鋪的路沒有實現民族同化的夢想？幻夢終於成真了，造就一位道道地地的美國女孩。

內景　菲比的房間　夜晚

你演三餐時間，你演就寢時間。不比武術。只烹調義大利麵和青花菜。換穿睡衣，講故事。刷牙。用牙線剔小牙齒。尿尿。一杯水。餵魚。好啦。好啦。親一親。咦，你怎麼沒親獅寶寶？獅寶寶哪裡去了？我不知道。唉，拜託。找到了。好吧，我親它就是了。還有倉鼠犬。還有倉鼠犬。每一個都親過了。好了。晚安。別再講話了。我又沒講話。別再碎碎唸了。菲比，我是說真的，別再唸了。她洗臉。胖嘟嘟的小手拿著香皂。柔嫩的娃娃手搓洗著臉頰和額頭。她的動作似曾相識，你想一想，明白了，和你的動作如出一轍。原來是她邊看邊學。刷牙。剔牙。尿尿。一杯水。餵魚。親獅寶寶一下。親倉鼠犬一下。親一親。感覺像連續幾個月無休，終於，月亮出來了，怪臉笑得好甜的月亮，太陽閉上眼睛，墜入圖畫中的地平線之下，菲比和菲比國的萬物遁入夢鄉了。

內景　菲比國　夜晚

你躺在床上，小窗開著，你凝望窗外藍藍的滿月，月娘臉上一副傻相。夢想實現了。夠溫飽的職位，還算能在工作和生活上取得平衡。學白人講話，不能太像。配一副隱形眼鏡戴。常微笑。別人會以為你很聰明。話愈少愈好。盡量彰顯負責心重、無欺無害的一面。撒一點顏色進去，不具威脅性就好。夢想就是這個，一場融入的夢。從**平凡亞裔男**演進到一般**平凡人**的夢想，安家立業。待下來，但你不能一直待在這裡。這裡不是現實世界。這角色不過又是個角色。你不能，你不能，你不能……不能嗎？

你走向窗口，向外瞥。

凱倫：一切都好嗎？

菲比：警察來了？

功夫爸爸：別怕，警察是來找我的。

菲比：我好害怕。
功夫爸爸：我準備好了，我一直在等待這一刻。
警笛聲止息，有人拿著擴音器喊話。你認得這嗓音。
邁爾斯：雙手舉高，走出來！
菲比：爹地，不要不要不要。
莎拉：投降吧，傷到人就不好了。
菲比：爹地，你會去坐牢嗎？（對凱倫）爹地會不會去坐牢？
凱倫：不對，乖女兒。爹地只會被囚禁。
功夫爸爸：寶貝，不要緊啦。這是件好事。
菲比：囚禁是一件好事？
兒童團：（鏡頭外）囚禁通常不是一件好事！
功夫爸爸：在這時候就是好事。
凱倫：我實在不懂，警察是怎麼查到你的？

功夫爸爸：大概是因為我開走了邁爾斯的車。

凱倫：警察能追蹤車子的去向。

她笑起來了。你跟著笑。

凱倫：你本來就希望被警察找到。

功夫爸爸：我本來就希望警察找到我們。

第六幕
亞裔失蹤案

物證A　美國法律

一八五九年。俄勒岡州憲法修正案通過：「中國佬」不許於本州置產。

一八七九年。加利福尼亞州憲法修正案通過：外籍人士土地擁有權僅限於「白種人或非洲裔後代」。

一八八二年五月六日。美國（聯邦政府）華人排除法由亞瑟（Chester A. Arthur）總統簽署，全面禁止華人勞工入境美國，首創針對特定族裔或國籍發佈移民禁令。

一八八六年。針對無資格入籍美國之外籍人士，華盛頓領地憲法禁止其置產。

一八九〇年。在舊金山市，賓漢條例（Bingham Ordinance）禁止華人（無論是否為美國公民）在舊金山工作或住居，僅准其在「為全體華人劃定之特區」活動，由此開創出實至名歸的法定強制居住區。

一八九二年。美國（聯邦政府）吉瑞法（Geary Act）規定美國境內所有華人居民隨身攜帶准許證，不從者可遭驅逐出境或苦役一年之懲罰。除此之外，華人亦不許出庭作證。

一九二〇年。美國（聯邦政府）凱布爾法（Cable Act）規定，美籍女性公民之配偶若為「不符公民資格之外籍人士，其公民資格亦將遭註銷」。

一九二四年。美國（聯邦政府）一九二四年移民法亦稱強森—瑞德法（Johnson-Reed Act），依據原籍限制移民配額，**全面禁止來自亞洲之移民**。

內景　法庭

你坐在被告席，身上是你僅此一套的西裝，是你結婚時穿的同一套，大抵還合身。

你的律師走進來。是師兄。

你：啊？

師兄：嗨，威爾。體格練得不錯嘛。

你起立，和他握握手。師兄拉你過去擁抱。

你：你這幾年躲到哪裡去了？

師兄：你真的不知道嗎？

你：對。

師兄：法學院。

你：喔。對。

師兄：他最近怎樣？

你：師父嗎？

師兄：他缺不缺錢用？

你：不缺。呃，對。可是，不缺。

師兄：他演了那麼多角色，從來沒主戲可演。

你：你就有。本來主戲是你演。

師兄：大家都希望那樣，我曉得。功夫英雄，可惜我演不下去。

你：我開始懂你說的了。

師兄：我一直沒走。嚴格講，是沒離開沒錯，但內心裡，我一直走不掉。現在我的心態不太一樣了，我的天下已經不侷限在內景唐人街了。當年我暗自離開是不得已的，就跟你的想法和做法一樣。

門開了，旁聽席一陣騷動。律師整理著文件。法官進入法庭，盯著你看。

莎拉・葛林和邁爾斯・藤納坐在你身後第一排，準備為檢方發表證詞。法官對他們微笑。

法警：全體起立。四七三一一案，「人民對吳之訴訟」。（停頓）亞裔失蹤案。

你：欸。

兄：怎樣？

你：你在法學院表現不錯吧？

師兄：不是吧？拜託，威利斯。（展現迷倒眾生的笑容）我當過校刊《哈佛法律評論》的總編，你該不會忘記我是誰了吧？

法官：檢方將傳喚第一位證人。

助理檢察官看起來精明幹練，也有著一頭美得不可思議的秀髮，赭紅色或栗褐色，海軍藍的褲裝整潔筆挺，整個人宛如從海軍藍褲裝廣告走出來的模特兒。她聞訊起身，走向證人席。**師兄**也起身。

師兄：異議。

法官：有什麼好異議的？

師兄：庭上，我們一概提出異議，全盤反對，對這場虛偽的審判提出異議。整個司法體制都造假，和我客戶做對。

法官：我沒聽錯吧？面對本席，面對身為仲裁者的本席，你置身體制中，卻針對體制的合法性提出異議。

師兄：照你這麼一講，的確是有點蠢。

檢方：庭上，檢方自請停止舉證。

法官：停什麼停？妳連起訴的案子都還沒陳述。

檢方：依據當前的狀況，我方覺得勝算十拿九穩。

法官：瞭解。儘管如此，依法妳有責任舉證，必須陳述案件的大綱。

檢方：呃。好吧。檢方傳喚邁爾斯・藤納至證人席。

邁爾斯穿著炭灰色西裝，條紋細如絲，剪裁貼身。他站上證人席，咬咬牙兩、三次，法警看了差點暈倒。

檢方：（接續）報上你的姓名和階級。
邁爾斯：邁爾斯・藤納，警探。
襯衫藏不住的胸肌鼓動著。不是故意的？也許吧。
檢方：警探，你最近在偵辦亞裔失蹤案，是不是？
邁爾斯：是的。
檢方：偵辦過程中，你有機會觀察吳先生？
邁爾斯：我有機會觀察到他是個臭小子。
師兄：庭上，他夠了喔！
法官：（對邁爾斯）警探，我提醒你，發言要保持專業，更重要的是，必須切題。
邁爾斯：好。他不是臭小子，他是膽小鬼。
師兄：異議。
檢方：你打算一招打遍天下嗎？我猜猜看好了，你在法學院的「異議課」成續拿A。

師兄：（對法官）我的委託人是不是膽小鬼，怎麼看都和本案無關。

你：不要再罵我膽小鬼了，行不行？

檢方：庭上，我能舉出關聯性，唯一條件是辯方不能再異議了。

法官：好，我暫且准許。不過，妳最好趕快講重點。（停頓）褲裝好漂亮啊。

檢方：（嘻嘻笑）謝謝你，庭上。

師兄：（沉聲）不妙。

你：哪裡不妙？

檢方：接下來，警探，根據你對吳先生品格的觀察，你為什麼稱呼他「膽小鬼」？

邁爾斯：他自卑成性。不用說，在白人面前感到自卑。竟然在黑人面前也自卑。他自己明白嗎？

全場一片肅靜。法庭裡，眾人眼光轉向你。

邁爾斯：亞裔受到的迫害不比黑人嚴重，所以他自認無法參與這場種族對話。（對你）你該不該為自己承擔一點責任呢？你把我們框進黑與白的類別，該不該負責？行行好吧。你以為被困住的只有你一個嗎？

你的臉頰唰紅，一隻腳不住抽抖起來。

檢方：謝謝你，警探。問題到此為止。檢方傳喚莎拉・葛林警探至證人席。

莎拉站上證人席。檢察官對她使眼色。

莎拉：我是莎拉・葛林警探，隸屬懸案組。

檢方：我很清楚妳是誰呀，葛林警探。

師兄：庭上，異議。

法官：又怎麼了？

師兄：法庭裡的電力太強了，一直有人在放電。

法官：有什麼不好？

師兄：撇開別的不說，放電會影響莎拉・葛林警探的證詞。

法官倚向椅背，咀嚼著這句話。

法官：呃。好，本席准許。

師兄：（對你）我們可能死定了。

你：你不是個很厲害的律師嗎？早知如此，你當初不應該放棄練武才對。

檢方：警探，我只有一個問題。

莎拉：問吧。

檢方：今天有空一起吃晚飯嗎？

師兄：唉，這也太，太——我愈看愈迷糊了。我聲請庭上立即宣告無效審判。

法官：別再用歪招了，那只在電視劇裡管用。

莎拉：我可以講句話嗎？

法官：當然可以，愛怎麼講都行。妳想不想上前來坐我身邊？想不想坐一坐法官席？

師兄：當然不可以。這根本鬧劇一場。

莎拉：（對你）你想爭什麼？你以為，社會上被邊緣化的，只有你這族群嗎？老女人不被邊緣化嗎？一般老年男女呢？體重超重的人呢？不符合西方傳統審美觀的人呢？黑人女性呢？職場上的一般女性呢？你該不會是想討特權吧？這難道不算一種自憐自艾嗎？（停頓）你該不會想要求待遇比照白人吧？

師兄：他要求的待遇是比照美國人，正宗美國人。因為，說實在話，一想到美國人，妳想到的膚色是什麼？白皮膚？黑皮膚？（停頓以加強效果）我們在美國生存了兩百年。第一批華人在一八一五年登陸美國。二十世紀初來的德國人、荷蘭人、愛爾蘭人、義大利人，他們全是美國人。（指自己）為什麼這張臉不會被聯想成美國人？

是因為我們把故事搞得太複雜嗎？因為我們還想不出突破困境的訣竅，還不懂故事究竟這一切是悲劇、喜劇，或悲喜劇？如果連我們都無法破解這張臉底下的奧祕，我們對別人又怎麼能解釋個清楚？

檢方：異議。誰在乎呢？

法官：准許。

師兄：那我問個問題，總可以吧？

法官：問吧。

師兄：這案子叫做亞裔失蹤案，對不對？

法官：對，你想講什麼？

師兄：如果失蹤的亞裔是我，現在我出現了，站在法庭裡，顯然活得好好的，而且能明確交代行蹤——哈佛法學院，令人信服，既然這樣，我的委託人出庭受審的罪名是什麼？

檢方：（起立）另外有人失蹤了。

師兄：誰？

法官：（指向你）你。

你：我因為自己失蹤，所以受審？

師兄：歡迎光臨**黑**與**白**的世界。

你：我是嫌犯嗎？還是被害人？

法官：這正是我們開庭審理的關鍵。檢方可以傳喚下一位證人。

檢方：檢方就此停止舉證，庭上。

法庭裡出現騷動，詭譎的音樂響起。

法官：好。審理繼續進行，辯方可以傳喚第一位證人了。

師兄看著你。

師兄：你準備好了沒？

你：準備好了。不然能怎樣？我有別的路可走嗎？

師兄：你會功夫啊，我也還能搏鬥。我們合起來四條腿，能踹破法庭闖出去。

你：這辦法當成B計畫比較好。

師兄：辯方傳喚威利斯・吳至證人席。吳先生又稱**平凡亞裔男三、送貨員、平凡亞裔男二、功夫明星、功夫爸爸**。

你走向另一邊的證人席之際，朝旁聽席望過去。旁聽人數比剛才暴漲了兩倍，人潮氾濫進走廊，似乎散房公寓的居民全傾巢而至了。

師兄：報上姓名。

你：威利斯・吳。

師兄：吳先生，你內心真的有自卑感在作祟嗎？

你：什麼？

師兄：你是否一方面基於某種原因無法完全融入主流白人社會——

你：老哥，你在瞎扯什麼？

師兄：另一方面你也覺得，和始終受欺壓的族群站同邊不盡然合理。雖然亞裔的個體在美國受種族歧視，在制度上也遭矮化，遭遇包括但不限於：移民配額制、聯邦立法明確排除你類，且實施時期長達將近一世紀。反異族通婚法。因族裔而有差別待遇的購租屋政策。外籍人士擁地法與設限嚴苛的契約。集中拘禁等違反民權的措施。儘管你承受種種欺壓，只因欺壓項目獨缺美國原罪——蓄奴制度，你總覺得你受到的欺壓不夠多，總覺得前幾代活受的罪在程度上遠不及美國對黑人的歧視。撇開如此對比合不合適不談，基於上述理由，或許你因自覺羞恥或礙於顏面而不太能以言語表達，所以你認為抱怨時應該適度加重語氣並調高分貝，應和族人的整體苦難成正比。（停頓）你認為你受的欺壓不如黑人。

你：你代表的是原告還是被告啊？

法官：律師，他問得好。

師兄：庭上，我是根據委託人個人的困境立論，以強化辯護根基。

法官：什麼樣的困境？

師兄：他這一型，檢方辯方都無法檢視。礙於法庭的辯證法則，這一類案件無法獲得適切的考量。他屬於**黑與白**法則皆不適用的那一種人。（停頓）庭上的論據錯就錯在前提上，庭上將黑人經驗套用在亞洲移民身上，勢必引導出目前的結果。庭上的論據基礎是對比、相較、以量比量。

然而，亞裔在美國的經驗不僅是程度較輕或膚色較淺的黑人經驗。亞裔不能挪用他人的經驗或意識；亞裔必須自我界定。（停頓）我在此願援引案例說明：

「加州人民對霍爾」訴訟案——

加州最高法院（一八五四年）

加州人民對霍爾之訴訟案

加州大法官墨瑞（Hugh C. Murray）判決，一八五〇年四月十六日法第十四條禁止「黑人與印第安人」對白人做出正反證詞，此法可適用於華裔，原因在於華裔與印第安人同屬亞洲大陸民族，[5]子嗣，因此華裔於法視同印第安人。

加州大法官墨瑞藉意見書陳述：

哥倫布初抵美洲大陸之時……以為已達成遠航之目的地，誤認聖薩爾瓦多島即為印度外海邊緣之中國外海群島……

依據此假設，哥倫布遂將島民命名為印第安人。從此……美洲印第安人與蒙古人或亞洲大陸民族皆視為同一類別之人種。

師兄：墨瑞的論據是歪到不能再歪的歪理。為了將華裔劃歸「黑人與印第安人」類別，以適用於特定法條，所以如此為「亞陸民族」下定義（以防止華裔有權做出不利於白人的證詞），分類的依據卻來自單獨一人（哥倫布）的主觀判斷，而且該判斷源於數百年前的遠古時空，錯得荒誕不經，該人渾然不知自己漂流到海角的哪一方，結果單純的一場海事誤解，導致一整個族裔被依法劃入錯誤的法定類別。

法官：基本上是個錯誤。

師兄：的確是。換個方式說，就因為一四九二年的哥倫布搞不懂方位，華裔的權益只等同於黑人，換言之是毫無權利。姑且不談這可能是莫須有的歸類，但如果照這歸類認真探討，此法之效應是，黑人與亞陸民族屬於同一型，類別有所區隔（因為如此顯然能另創一個非白人類別）。其次的效應是，如此劃分也制定出亞陸民族是黑人以外的族裔；比黑人低一等，卻和也低一等的黑人有所差別。

5 Asiatic，在現代帶貶義，只剩沿用至今的動植物學名才含這字眼。Oriental（東方人）也是，但貶義較淺。現代多以Asian稱呼亞洲人。

法官這時傾身向前，專心聆聽。莎拉和邁爾斯也在聽，甚至連檢察官也是。**師兄**抓住了他們的注意力。旁聽席有人高呼：讓他們知道你的厲害，**師兄**。

法官：安靜。本席禁止滋擾。

師兄：就這樣，兩百年以來，每一波亞洲移民，每條船載來的亞洲人，仍然和第一批一樣是新面孔，一樣是這片土地上的外人。（停頓）這是美國黃種人的正史，是一切的根源。兩百年來始終是外國人。

師兄歇一口氣，喝一小口水。絲毫不匆忙。淡定如常。反觀你，你的心臟噗噗跳，以為襯衫遮不住，旁人全看到了。大家有何感想？**師兄**怎能講這樣？在法院裡，大庭廣眾下，當著**黑與白**的面，在美國司法體制之中。奇怪的是，沒人趕他走。還沒。

師兄：（接續）他們把我們限定在幾區裡，框住我們，和其他人分開。把我們困在裡面。拆散我們的家族，斬斷我們的歷史。我們只好在唐人街裡溫飽。一個保護區，一個自保的區域。

讓他們覺得公道，安他們的心，符合外界的觀感，不要威脅到他們。打從一開始，唐人街，乃至於身為華裔，向來是一種建構，表演著特色、儀態、文化，散發異族情懷。一份創作，一份再創作，一份格式。我們動腦筋理解節目怎麼演，在劇中找位子佔，只有佔背景的份，被當成佈景，飾演沒台詞的角色。動腦筋理解自己能說什麼。更重要的是，盡量不要引眾怒，萬萬不得。觀察著主流，理解他們拿什麼虛構的故事自欺，在故事裡找個小角色扮演。演得討喜、親和，演他們想看的角色。（停頓）我的委託人是這體系的一部分，是被害人，也是嫌犯，無以數計的亞裔男死在他手下。

（旁聽席驚呼聲四起）

他宰了他們，過了六個禮拜，再變成他們，一副若無其事的樣子，彷彿得了失憶症，彷彿毫無悔恨。他坐視自己變平凡，以至於大家根本看不出發生了什麼事。庭上，陪審團的諸位女士先生，他有罪。他犯的罪是，體系一直排斥他，他卻一直想融入體系中。（停頓一拍）辯方辯護到此為止。

全場先是一片緘默，隨即掌聲雷動，眾人無不歡呼叫好，簡直像散房公寓裡的聚賭窟、卡拉OK之夜和聚餐會同時進行而熱鬧著，喧笑聲陣陣來，情緒真誠流露。總算有人發聲了。總算有人站出來，講了一堆我們從來不敢吭聲、甚至不知從何講起的事。**師兄**總算重出江湖，救人一命了。他不用手腳，而是動口動腦達成天生的使命。

你回頭找**師父**是否也在場。你看見**亞裔老婦**。獨不見**師父**。他在哪裡？

法官：本席休庭，靜候陪審團審議。

陪審團魚貫退席。

莎拉和邁爾斯來你這一桌。

邁爾斯：（對師兄）建議你跳槽去地檢署。

師兄：謝了，我現在的位子坐得很舒服。

莎拉：（對你）祝你好運，威利斯。

法庭變空城後，你轉向**師兄**。

你：哇。

師兄：你對律師的表現滿意嗎？

你：呃，滿意。你提到好多歷史，好多東西。

師兄：你有聽沒有懂，對不對？

你：一竅不通。根本完全沒概念。

師兄笑了起來。見他開懷一笑真好。

你：（接續）我只佩服你能挺身而出，進這棟建築物，站在美國法庭裡，為我的案子辯護。

師兄：是我們的案子。希望是盡到力了。

他出去找自動販賣機，買兩罐汽水，一罐請你。

師兄：敬法庭戰的一天。

你這時才發現情緒綳得多緊，一口咕嚕嚕灌掉整罐。緊綳到耳際仍鈴鈴作響，心臟仍在狂蹦。

陪審團快要回來了。眾人急忙回法庭聆聽判決。陪審團魚貫進場。女團長站上前去。

你：（低聲）會不會太快了？

師兄：對。

你：審議一下子就判決了，是好是壞？

師兄：我不知道。

你：通常而言呢？

師兄：快慢不是重點。我從沒接過自我拘禁案，拭目以待吧。

法官：陪審團長即將宣佈判決。

陪審團長：庭上，本案「人民對吳姓亞裔男之訴訟」經陪審團判決，被告之罪名：成立。

師兄：什麼狗屁嘛。

整個法庭陷入混亂，法官怎麼敲法槌也沒用，法警一手伸向佩槍。

法官：安靜！安靜！各位！趕快安靜下來，不然別怪本席判大家藐視法庭。

（停頓後對你說）本席判你刑之前，吳先生，你個人有什麼話想說？

你看一看師兄，他點點頭。

你起立，面對檢察官、邁爾斯和莎拉、法官，更重要的是面對聚集旁聽席上的群眾。一整群人坐最前面，集體受審，全是平凡亞裔男。

你：從小，我夢想成為功夫明星。（停頓）哇，喉嚨又乾了。不喝水不行。我可以喝水嗎？

邁爾斯過來遞一瓶水。

你：謝謝。（一口氣灌完一整瓶）從小，我夢想成為功夫明星。我苦練了好幾年，夢想著，明天或後天，或總有一天美夢能成真。我熬了好幾十年，夜復一夜盯著天花板盼望。牆上貼著李小龍海報，師父的教誨在腦裡迴盪，終於被我等到那一天了。終於有機會了。結果呢？置身其中的我心想：盼了這麼久，何苦呢？

旁聽席上傳出竊竊私語。整群平凡亞裔男滿臉困惑。卓家人也是，和尚、領檯員、皇帝、全體亞裔幫派份子也是。

邁爾斯：你們被利用了。被用來對付我們黑人，也對付你們自己。

師兄似乎懂，邊聽邊點頭。亞裔老婦眼睛一亮，似乎也懂。你終於懂了，她是明眼人，你總算明白她當年的語意。

你：功夫明星不過是換皮不換骨的平凡亞裔男罷了。

你從未真正獨白過。燈暗下來，只剩一道光照在你身上。舞台燈傾洩而下，照耀你，射角適中。

你：（接續並深呼吸）我們全都一樣。不是嗎？平凡亞裔男。就算目前我是功夫明星，我卻和你們所有人都知道，其實打仔只比爛咖高半階，我講台詞只要吃個螺絲，馬上被貶回路人甲乙丙丁。平凡亞裔男的角色太爛了。

有兩、三人以哼嘆表示認同。

你：（接續）但反過來說，我也有錯。錯在我不該扮演這角色，任憑這角色界定我。結果入戲太徹底了，戲裡戲外分不清楚現實的份際線在哪裡，進而影響到我看人的觀點。我的錯跟大家一樣嚴重。物化黑人，崇拜黑人的酷勁。戴上過於浪漫的眼鏡看女白人，但願自己是白人，把自己框進這個類別裡。

你在旁聽席尋獲凱倫的眼眸。

你：（接續）我們透過自我矮化的方式，內建一套自我防禦機制，避免和他人深交。我們自以為沒人要，自以為他人全和我們天差地遠，藉此自抬我族觀點的價值。（環視群眾）看看在座的各位。那邊有幾位衝浪客，有霹靂舞男，掃把頭的Emo樂手，漸層髮型清爽的低趴車改裝族。有的有刺青，有的沒有。美國亞裔男性的種類全都有。我們多數人身高在一百六十八到一百八十公分之間。在某些方面……我們的確有共通點。國中時愛打任天堂NES機，愛玩《龍與地下城》。媽媽都煮同樣的菜色，都煎蘿蔔糕和芋頭糕，舀一匙辣醬加進去，倒幾滴醬油。點心時間到了。我們的家有同一種氣味，都有幾堆丟人現眼的雜物，都有胡拼亂湊的亞洲貨，夾雜著塑膠玩具、免費送的低級品、混搭的傢俱和裝潢……

多了兩、三個嗯嗯的贊同聲，附和的人數漸漸多起來。

你：（接續）還有……劣質地毯，風格好多好多種，其實是沒風格可言，因為裝潢本來就不是我們父母在乎的東西，就算在乎也花不起錢。枕頭要成對，什麼話，是白人才搞的狗屁。我們亞裔的東西實用就好，桌子吃飯兼寫功課用。我們全都要爭取好成績，課外活動要兼顧，要搶進常春藤名校或前幾名的州立大學，然後高分畢業，出社會，發現自己是……**亞裔男**。可是，你們當中有幾個有過「我是一個亞裔男」的想法？幾乎從來沒有過。等別人一提，你才會想到吧。在酒吧被人撞了一下，被對方罵了一句。不然就是旁聽到幾個人在聊天，其中一個說，喔，你的亞裔朋友怎樣怎樣。這時候，我們又全恢復同一個模樣了。所有亞裔全被摺疊成一個**平凡亞裔男**。（停頓）我想講的是，我們不是**平凡亞裔男**。我的意思是，看看我們這副德性，成何體統嘛。全裝得像同一回事。我們不是同一回事。（指向旁聽席裡的男士）蔡肥佬，你最明白我指的是什麼。小方。還有你，你一定懂我的意思，對不對，卡爾？

不是卡爾的人：我不叫卡爾。

你：抱歉。總之你懂我意思。

不是卡爾的人：我懂。可是，你怎麼會搞錯我名字？我們是國中同學啊。

你：對不起，朋友。重點是，我指的是在座的各位，也包括我父母、我們的長輩、我的朋友們。（停頓）包括我女兒在內。

亞裔老婦望著你，然後轉向菲比和凱倫。

你：我指的是我妻子，前妻。說不定會變成「不是前妻」吧？

凱倫望著你，微笑著，然後皺眉頭，接著再淺淺一笑。

凱倫：威爾，你離題太遠了。

你：對。謝謝。

凱倫：不過，我愛你。

你：（接續）我只想對各位講一件事。我有罪，這是事實，全怪我不好。問題不在於亞裔男躲去哪裡了。問題是——為什麼亞裔男非死不可？因為我們扞格不入，無法融入故事裡。假設路上有人拿我的相片給你看，你會怎麼描述？你可能會描述成：亞裔人、亞裔男生或亞裔男人。你們當中有幾個會說「美國人」？

亞裔男是怎麼搞的，為什麼難以同化？

怨嘆聲在旁聽席四起。

你：（接續）為什麼**亞裔男**在《黑與白》裡沒戲可演？問題是——誰能扮演美國人？美國人又長什麼模樣？我們被定型為跑龍套，場景是小小的華人區，只在很特別的一集裡出現。我們是小角色，被鎖在故事裡，怎麼寫都不對味。我們來美國傳宗接代兩世紀，為什麼還不配當美國人？為什麼一直打不進主戲裡？

又有怨嘆聲，有幾聲嗯嗯。有一人高呼「有道理」。

你：（接續）我大半生被套牢了。困在內景唐人街。我逃出來了，成為**功夫爸爸**。可是，**功夫爸爸**也只是一個角色，是勝過我演過的所有角色沒錯，卻依然是角色。同樣的事我不能一做再做。我不能像我爸那樣。看看他落得什麼樣的下場？本來，他是有真底子的大師，武術練得爐火純青，結果一生能累積出多高的成就？他的功夫，他的本身，從未獲得你們認可。你們從不允許他有自己的姓名……接下來，我們怎麼辦？

你看著**師兄**。

旁聽席沸騰了。怒氣沖沖的亞裔。法官敲擊法槌，喊著安靜，安靜，但沒人聽。火爆場面一觸即發。

師兄：B計畫吧？

你：B計畫。

音樂聲響起。十幾名員警衝進門，三個從正門進攻，一個從後面包抄，一個從樓上攻下來。你採取戰鬥姿勢。**師兄**在你身旁。來啊，你說，有膽就來。第一波攻過來了，全是反應遲鈍的菜鳥，被你擊退，但第二波旋即湧上，接著再來一波。雷霆小組趕來了。現在，**平凡亞裔男**全跳進來參戰了，戰況混亂慘烈。在龍爭虎鬥之中，你體悟到**師父**的教誨。一招。一天練一招。一次練一招。動作全慢下來了，奏樂淡出，只留呼吸聲。你的呼吸聲，皮膚相撞聲，骨頭撞肌膚聲，喀，啪。你的武術行雲流水，快狠準，躍進至多年未有的段數。上防禦，側位移，直擊軀體，側踢，下防禦，下防禦。跳上靠壁桌，打跑所有人，蹬牆壁，空中劈腿，單一動作踢中兩個敵手，其中一個臉遭殃，另一個被腳功封喉。誰這麼厲害啊？你能風風光光跳起來，著地，向後踹不必回頭，被踢中的警察倒地，發出啪啪聲，宛如身體是裝了五臟六腑的臭皮囊似的。能量從你的腳向外輻射進擊，你是何方鬼神，竟有如此一身不是B、不是B^+、甚至超越A^-的功夫？騰空一百八十公分，空中翻跟斗，迴旋飛踢，水平旋身，斜對角扭轉，三百六十度，七百二十度，一千零八十度。地心引力暫時靠邊站。你回歸六歲大的你，以拳腳打遍天下，媽媽位居地表，你是高居雲端的功夫小子。你跳躍，迴旋踢，一腿劃破天際，世界一分為二。一波接一波，再來一波，一直到你耗盡氣力，竭盡身心和靈魂裡的最後一滴，奮戰到結尾，這時你聽見槍聲。

內景　金宮餐館　夜晚

功夫明星死了。

莎拉：他死了。

邁爾斯：看樣子是。

黑人男警和白人女警審視著俯臥地面的亞裔男屍，屍布未遮滿全身。一名刑事鑑定人員沾一沾東西，另一名測量著一灘乾血跡的直徑和濺血分佈。

莎拉：（凝視著華裔死屍）能初步研判出什麼？

邁爾斯：家族糾紛吧，大概是。可能不脫文化因素。

你睜開一眼，偷看黑與白。

「喂！」邁爾斯脫稿說。

「我再也演不下去了。」你說。
邁爾斯微笑說：「嗯，對。我懂。」
「再會了，吳。」莎拉邊說邊拉你站起來。魂斷唐人街的你恢復自由之身。
「將來有緣，說不定我們能再合作。」
你闔上眼皮。
「喂！」
你張開眼睛，見凱倫在你正上方彎腰。她的頭髮好香。她親你一下。
「接下來有什麼規劃？」她說。
「期待能陪陪我們家小孩。」菲比飛撲，撞得你一時岔了氣。
「你贏了嗎？」她問。
「沒贏。」你說：「我輸了。」
「你死了嗎？」
「對。沒有。我不確定。」
「那你現在是誰？你還是功夫明星嗎？」
「才不是。」你說：「我是妳爸。」

「功夫爸爸？」

「只是爸爸。」

「喔。」她說：「也好啦。」她一頭鑽進你臂彎，你腰間頓時濕熱。

「別哭別哭。」你說。

「人家想哭嘛。」

「好。哭就哭吧。」

黑與白撤離中，所有警察魚貫退場中，整個地方亂七八糟。

你看見亞裔老婦和凱倫交談著。糟糕。她們一同上前來。

「剛才我們只是聊聊天而已。」母親說。

「聊到糗事了吧？」你說。

亞裔老婦轉向你，擺出那副表情。可能是內心以兒子為榮，或者是苦甜參半的心酸……兩者皆有吧。

「小時候，你常跳上跳下的，像隻猴子。」母親問：「你號稱什麼來著？」

「功夫小子。」你說。凱倫噗滋笑。

亞裔老婦閉眼。

「威利斯，不管做什麼事，你老是拚了命。」她說：「也許我當初不該叫你要更有出息。」

「我小時候只希望妳和爸快快樂樂。」

「我很快樂啊。和你一起吃晚飯的時候，看你胖嘟嘟的小手端著碗。」你擁抱母親，親她頭頂，氣味和小時候相同。你不是功夫高手，你是威利斯・吳，身分是爸爸。也許是丈夫。你當爸爸的成績能拿B，手氣順的日子能拿B^+。但是，你一直在苦練。你照台詞講話。能演什麼角色就接。盡力構築人生。有時如願，多數時候事與願違。有時你有機會開口，多數時候沒台詞可唸。邊緣人的人生，由小之又小的角色堆砌而成。

所有的**亞裔長輩**徘徊著，站著。沒戲份。角色沒搞頭，沒有自己的一片天。只是小角色而已。金宮被拆除了。鏡頭轉向天空。**外景唐人街**。

片尾　近況花絮

邁爾斯・藤納告別警界，轉戰哈佛醫學院，目前擔任外科醫師。

莎拉・葛林進音樂圈展現歌藝，業餘仍擔任私家偵探。

莎拉與邁爾斯開始分別和他人交往，但兩人仍保持友好關係。有時更進一步。

物證B　美國法律之二

一九四三年。馬格努森法（Magnuson Act）通過，推翻《排華法》，華裔因而擁有歸化美國籍之權利，但美國依舊禁止華裔置產或經商。中國人移民配額每年限定一百零五人。

一九六五年。第八十九屆聯邦眾議會通過《移民與國籍法》（《哈特－塞勒法》〔Hart-Celler Act〕），由詹森總統簽署定案，廢除了美國自一九二一年以來的原籍配額制度法源。

唐人街如鳳凰浴火重生，從灰燼中振翅再起，門面煥然一新，構想來自一名ABC，由白人建築師團隊打造，狀似舞台佈景裡的中國，虛幻不實。

——胡垣坤（Philip Choy）

第七幕

外景　唐人街

吳明晨

某日深夜，你在廚房見到他。菲比也在，祖孫倆坐在倒置的塑料牛奶箱上，有說有笑。他穿著七〇年代的襯衫，樣式老到趕不上潮流、追上復古風、再度落伍，如今又翻紅。過去和現在的他都比你帥。堂堂邁入八旬，他的黑髮仍夠深，向後直梳，偏左的分邊線明晰。兒時在台灣中部，他從戲院新聞短片學到美國人造型，有樣學樣，家鄉如今已成古裝劇裡一段水漾的遙遠記憶。

這一位陌生人是你的父親。**師父**仍深藏他心中，鋒芒時有時無。他眼裡有著暗沉、昏晦的體悟，心靈緩緩沒入胸懷裡的一道鴻溝。他的眼眶近乎潤澤。父子之間的鴻溝，彼此永遠是外星人。**內景金宮餐館**，有多少個大清早和大夜班，他置身其中？改建，回收再利用，他大概見多了，弱不禁風的牆壁，一百則不同的故事，或五百則。同一個狹小的空間。彷彿被樹脂淹沒，封存為琥珀。如同一座博物館，呈現出永世長存卻根本不存在的時與地。一座拘留所，煉獄，玄關，前廳，等候室。座落在美國裡，卻稱不上是美國。是地理學上的錯覺。故事無需更動，無需演進，一直以來，這故事不存在。目前不存在更好。不設舞台的餐廳秀。老套的短劇一演再演，筷子與龍，家與職責，父與子。以後會變嗎？你懷疑。以前，後知後覺的你不懂的事，現在明白了。

你運氣好的話，說不定菲比能教你幾招。如果她能在不同的世界中穿越自如，你沒理由辦不到吧？你觀察父親一會兒。你想伸出手，觸摸他臉龐。這時候，前廳有人打開伴唱機：測試，測試。

「爸。」菲比說：「你還好吧？」

「還好，寶貝。」你說：「好好看著喔，輪到阿公了。」

吳明晨登台，笑吟吟，說著，測試，測試，清一清嗓子，準備高唱一首思鄉曲。

謝詞

莫大榮幸，承蒙Pantheon、Vintage、及Knopf Doubleday Publishing Group無數才子才女之奮鬥，本書才有付梓的今天，以下（以及礙於篇幅無法納入的）貴人功不可沒：

卡司陣容：

封面設計　Tyler Comrie
排版　Anna Knighton
產製編輯　Kathleen Fridella
潤稿編輯　Fred Chase
校對　Chuck Thompson
宣傳　Rose Cronin-Jackman
行銷　Julianne Clancy
管理編輯　Altie Karper

管理副編輯　Cat Courtade
非凡發行人　Dan Frank
了不起的出版社　Pantheon Books

獨立製作是為愛付出、不計代價的事業，出這本書亦然，時而氣餒自我懷疑，時而喜出望外，時而有志一同創見，而下列這些高手的才智和關注居功厥偉：

執行製作　Julie Barer
執行製作　Josefine Kals
執行製作　Anna Kaufman
執行製作　Tim O' Connell

特別是Julie和Tim：本書若無兩位耐心牽引並卓絕貢獻，實難見天日。（同樣要感謝The Book Group的Nicole Cunningham）

由各篇的引文可見，有幾本書在我創作這部小說期間提供了寶貴的資源（另有厄文・高夫曼的《The Presentation of Self in Everyday Life》，我會一讀再讀，讀到讀不動為止）：

《American Chinatown》徐靈鳳 著

《San Francisco Chinatown》菲利普・蔡 著

出書空窗期經濟拮据，承蒙以下單位慷慨資助，我銘感在心：

Santa Monica Artist Fellowship與Santa Monica市政府

Nathan Birnbaum 文化事務處長

在公私領域上，另有幾位對我的支持佔有一定的地位，有機會和如此高智商族群合作令我備感榮耀，但他們肯放心支持我，對我的意義之重大他們可能有所不知：

超級萬事通 Jason Richman
超級萬事通 Mickey Berman
超級萬事通 Mark Ceryak
超級萬事通 David Levine
超級萬事通 Katy Rozelle
超級萬事通 Howie Sanders

以下幾位的經歷和溫情是我寫作的靈感和原動力：
媽 Betty Lin Yu
爸 Jin Yu
女兒 Sophia Yu
兒子 Dylan Yu
岳父 Val Jue
劇中的真正主角 Michelle Jue

導讀

內之內與外之外

——探訪游朝凱的《內景唐人街》

單德興（中央研究院歐美研究所特聘研究員）

舊金山唐人街出身的小說家伍慧明（Fae Myenne Ng）在成名作《骨》（*Bone*）中，透過女主角眼光觀看自己土生土長之地，領悟到觀光客來此，「不管看到什麼，不管如何近觀細看，我們內部的故事是完全不同的一回事。」台裔美國作家游朝凱的《內景唐人街》有意探索唐人街「內部的故事」，包括華埠內在環境與華人內心世界，無論形式與內容俱有突破與創新，獲頒二〇二〇年美國國家書卷獎。

此書最大創意就是雖為長篇小說，卻採用劇本形貌的跨文類手法。全書七幕始於「平凡亞裔男」，終於「外景唐人街」，其中有志影劇界的唐人街華裔男女，無不期盼有機會由基層角色「平凡亞裔男女」逐步上爬，成為明星。此處的「平凡」，英文為「generic」，原指生物學的類屬，即通稱、總稱之意，以示沒有個性、缺乏特色、面目不清的同類。

另一重大創意就是挪用「戲中戲」技巧，角色出出入入，虛虛實實，甚至脫稿演出，營造出後設小說／戲劇的效果，連情節都有些撲朔迷離，甚至不乏自我解構，既有奇特、大膽的趣味，也構成閱讀門檻。七幕架構中納入以金宮餐館為場景的警匪劇《黑與白》，主角為黑人男警與白人女警搭檔的懸案組。小說中的男主角「你」威利斯・吳是第二代台裔美國人，這種較少見的第二人稱敘事法有如直面主角、敘事者、甚至讀者，令人難以閃躲。

對姓氏與「你」（「You」）諧音的游朝凱而言（他在科幻小說《時光機器與消失的父親》中便以自己名字為男主角命名），既暗含自我查詰與調侃，也直接叩問讀者，尤其亞裔美國讀者。其他呈現方式，如英文原著採用打字機時代通行的字體，都強化了閱讀戲劇的視覺效果。

就內容而言，主要描寫對象是唐人街華人社群。這群漂泊離散自不同時代與地方的男女懷抱著美國夢，渴望衣食無虞，出人頭地。但即使在「機會之地」、「應許之地」的美國，也未必人人有機會，夢想得到應許，與生俱來的黃皮膚所招致的刻板印象更是揮之不去的噩夢。

儘管華人移民美國已超過兩百年，仍被視為非我族類的外人、過客。當有機會在戲裡軋上一角，即使曾是高材生，還是得特意說著帶腔調的英文，以符合觀眾心目中的華人形象。女性角色則不脫東方主義式的異國想像與性別成見。

謙虛、勤勞、忍讓、低調等特質，成就了華人在美國社會中的模範弱勢族裔（model minority）形象，卻也淪為「典型的弱勢」，在「民族大熔爐」裡始終格格不入，成為無法同化的他者（unassimilable other）。透過戲中戲《黑與白》中黑白分明的男女主角，凸顯黃種人的困境：在黑白「雙元對立，反差清晰」的美國社會裡，黃皮膚亞裔位置何在？

游朝凱曾擔任HBO影集《西方極樂園》（*Westworld*）編劇。《內景唐人街》結合了作者的編劇經驗和哥倫比亞大學法學博士的專業知識，戲中戲使得小說人物的處境更具象化。第六幕法庭上法官、檢方、證人／黑白雙警、律師／師兄、以及被告／證人、嫌犯／被害人的你之間的交互辯詰，尤其是師兄的慷慨陳詞與「你」的自我表白，將戲劇張力發揮得淋漓盡致。但過程中不時出現的脫線言詞，又為嚴肅場面加入喜劇笑料，甚而化為鬧劇，平添嘲諷與自我解構的色彩。

此書另一特色是作者利用台裔背景，寫出不同於其他亞裔文學之作。隨著情節發展，讀者發現「你」的父親吳明晨來自台中、母親桃樂蒂來自台北。父親在「歷史劇」中的角色是「威權體制下的苦兒」，二二八事件時才七歲，目睹其父罹難，家產遭奪，之後離開戒嚴時期白色恐怖下的台灣，遠赴美國求學，落腳於舊金山唐人街。旅美大時代的兩顆螺絲釘相識於金宮餐館，吳明晨的角色是「亞裔男／服務生」，桃樂蒂的角色是「亞裔美女領檯員」，同為「打拚中的移民」，婚後生下「平凡亞裔兒童」的你。你則自幼嚮往成為功夫明星，因拍攝《黑與白》結識四分之一華人血統的凱倫・李（祖父是台中人），「會曉講台灣話」。兩人戀愛，結婚，生女，各自在演藝界發展，後因意見不合離異。這些家族歷史以小說和劇本的方式呈現，虛實之間多少令人不易分辨，但台裔美國人歷史則不容置疑，成為本書特色，對台灣讀者別具意義。

譯者宋瑛堂譯筆流暢，不避俚俗，幾處譯註適時發揮作用。如白人女警在調查亞裔男屍命案時用上「Wong guy」一詞。譯者譯為「王殺無辜」，加註說明原文為「Wrong guy」（「殺錯對象」，即妄殺無辜）的「諧音老哏，既可揶揄移民發音不標準，又能亂加一個華裔的姓」。

從亞裔或華裔美國文學與影劇的脈絡來看，此書又可視為致敬之作。游朝凱在加州大學柏克萊校區輔修創意寫作，必對就讀該校的亞裔美國文學代表作家湯亭亭（Maxine Hong Kingston）和趙健秀（Frank Chin）耳熟能詳。第六幕兩處呈堂證供條列美國歷史上歧視華人的年代與事件，與湯亭亭的《中國佬》（*China Men*, 1980）〈律法〉（「The Laws」）一章如出一轍。

書中對功夫明星的嚮往，讓人聯想到趙健秀所欲建構的亞裔美國文學英雄傳統。趙的英雄形象來自《三國演義》與《水滸傳》，尤其忠肝義膽的關公，《內景唐人街》中的英雄則是通俗文化中打抱不平、扶弱抑強的李小龍。第六幕「亞裔失蹤案」（「The Case of the Missing Asian」）則可能指涉導演王穎（Wayne Wang）的《老陳失蹤了》（*Chan Is Missing*, 1982），不僅是人物失蹤，並涉及移民、語言、自我迷失等議題。

此書穿插胡垣坤（Philip P. Choy）、徐靈鳳（Bonnie Tsui）、高夫曼（Erving Goffman）的文字為「引文」，與人物、背景、情節、戲劇相互印證。胡垣坤的《舊金山唐人街：歷史與建築導覽》提供該地第一本「圈內人的導覽」。徐靈鳳的《美國唐人街：五個社區的庶民史》綜論五處唐人街，含最老的舊金山華埠。高夫曼的《日常生活中的自我表演》主張「社會生活的戲劇式模式」，游朝凱將其論述加以小說化／戲劇化，並以舊金山唐人街為內景與外景。

就「內」、甚至「內之內」而言，此書呈現的「內」既在號稱自由平等的美國之內，也在吸引不同世代華人淘金的加州之內，更在以「舊金山」為名的城市之華人聚落內部，刻畫唐人街移民內心的冀盼、夢想、挫折、恐懼。

再就「外」、甚至「外之外」而言，這些華人來自不同背景，懷抱各式憧憬，經由不同管道來到美國，以為找到可以安身立命的夢土。沒想到卻因膚色、經濟、政治、法律、社會等因素，被視為非我族類的異己、外人，不僅被阻隔於白人主流社會之外，也遭到白人拒斥在外的黑人社群排擠。甚至連老僑有時也不免對晚到的台裔美國人見外。

身為台裔／華裔／亞裔第二代，游朝凱深切體會美國黃種人既置身其內、又被排拒在外的處境，並與基金會合作成立創意寫作獎，鼓勵台裔高中生與大學生投稿，或其他有關台裔美國經驗的作品。希望藉由文學創作積極介入，消弭內外之分，讓眾生平等的美好國度早日降臨。

文學森林 LF0160

內景唐人街

Interior Chinatown

作者

游朝凱（Charles Yu）

榮獲美國國家書卷獎之前發表過三本書：《三流超級英雄》（*Third Class Superhero*）、《時光機器與消失的父親》（*How to Live Safely in a Science Fictional Universe*）和《請，謝謝，對不起》（*Sorry Please Thank You*），也曾以HBO影集《西方極樂園》（*Westworld*）兩度獲得美國編劇工會獎（Writers Guild of America Awards）提名，FX和AMC頻道也推出過他撰寫劇本的影集。游朝凱的小說和散文散見於《紐約客》、《紐約時報》、《大西洋月刊》、《華爾街日報》、《Wired》等刊物。

譯者

宋瑛堂

台大外文系畢業，台大新聞碩士，曾獲加拿大班夫國際文學翻譯中心駐村研究獎，曾任China Post記者、副採訪主任、Student Post主編等職，文學譯作包括《分手去旅行》、《霧中的男孩》、《往事不曾離去》、《修正》、《在世界的盡頭找到我》、《迷蹤》、《緘默的女孩》、《該隱與亞伯》、《霧中的曼哈頓灘》、《世仇的女兒》、《苦甜曼哈頓》、《絕處逢山》、《消失的費茲傑羅》、《永遠的園丁》、《斷背山》等。非小說譯作包括《鼠族》、《被消除的男孩》、《黑暗中的希望》、《走音天后》、《在世界與我之間》、《間諜橋上的陌生人》、《永遠的麥田捕手》、《怒海劫》、《賴瑞金傳奇》、《搜尋引擎沒告訴你的事》、《蘭花賊》、《宙斯的女兒》等。

封面設計 莊謹銘
內頁排版 立全排版
責任編輯 陳柏昌
行銷企劃 羅士庭、楊若榆
版權負責 陳柏昌
副總編輯 梁心愉

初版一刷 二〇二二年五月三日
定價 新臺幣三六〇元

ThinKingDom 新經典文化
發行人 葉美瑤
出版 新經典圖文傳播有限公司
地址 10045臺北市中正區重慶南路一段五七號十一樓之四
電話 886-2-2331-1830 傳真 886-2-2331-1831
讀者服務信箱 thinkingdomtw@gmail.com
臉書專頁 http://www.facebook.com/thinkingdom/

總經銷 高寶書版集團
地址 11493臺北市內湖區洲子街八八號三樓
電話 886-2-2799-2788 傳真 886-2-2799-0909
海外總經銷 時報文化出版企業股份有限公司
地址 桃園市龜山區萬壽路二段三五一號
電話 886-2-2306-6842 傳真 886-2-2304-9301

內景唐人街 / 游朝凱(Charles Yu)著；宋瑛堂譯. -- 初版. -- 臺北市：新經典圖文傳播有限公司, 2022.05
286面；14.8 X 21公分. -- (文學森林；LF0160)
譯自：Interior Chinatown
ISBN 978-626-7061-20-6(平裝)

874.57 111005367

INTERIOR CHINATOWN
by Charles Yu
This translation published by arrangement with Pantheon, an imprint of The Knopf Doubleday Group, a division of Penguin Random House, LLC through Bardon-Chinese Media Agency